La **vida** es lo que nadie **Espera**

UNOSOTROS
NARRATIVA

Miguel A Sabater Reyes

© 2020 Miguel A. Sabater Reyes
Título: La vida es lo que nadie espera
ISBN 978-1-950424-29-0
Autor: Miguel A. Sabater Reyes
Edición y diseño: Armando Nuviola

UNOSOTROS

www.unosotrosediciones. com
infoeditorialunosotros@gmail.com

Hecho en USA 2020

1

Me llamo Ernesto, pero a los once años por ahí, me cambié el nombre. Le dije a la gente que me llamaran Bobby.

Nací en Regla, en un barrio donde la gente hablaba en las esquinas y en las puertas de su casa, se decían malas palabras y le metían duro a la bolsa negra.

Crecí allí, y cuando me fui por un tiempo porque me enredé con una mujer que tenía tremenda casa en tremendo barrio, enseguida regresé a mi casa. En parte creo que dejé a la mujer porque extrañé el barrio; por otra porque ella me sofocaba, era dominante, un poco mayor que yo; quería tenerme como un muñeco día y noche en su casa, y si me siento amarrado por alguien o por algo, me aburro.

El viejo mío me decía que la cabra siempre tira al monte; no quería decirme por las claras que me gustaba el barrio porque soy de orilla. A él no le gustaba. Decía que cuando consiguiera una permuta se iba.

Mis padres no dormían juntos. El viejo en su cuarto y la vieja en el suyo, y yo en un cuarto que estaba en la azotea del edificio. Para que entiendas: vivíamos en el último piso del edificio, el quinto, y en el patiecito del apartamento había una escalera de hierro de esas de espiral que daba a la azotea, por donde yo subía para ir al cuarto que mi padre me hizo de madera, y no tener que dormir en un viejo y duro sofá que había en la sala.

Yo tenía el palomar en la azotea, y al lado de él el viejo me hizo el cuartico con una ventana y me puso una cama. Desde la azotea se veía todo el barrio, hasta la llama de la refinería de petróleo que a veces era tan grande que por las noches parecía que iba a quemar el cielo. Con unos prismáticos miraba todo desde la azotea como si lo tuviera ahí mismito. Así fue como vi a Matilde desnuda, la mujer de Eusebio el chapista; la primera que vi así en mi vida.

Matilde vivía en el tercer piso del edificio que estaba frente al que yo vivía. La ventana de su cuarto casi siempre estaba abierta. Y muchacho, entre seis y siete de la tarde se bañaba y salía desnuda del baño, y ahí se ponía el blúmer y el ajustador. Mirándola me hacía una paja muy incómoda, porque con una mano aguantaba los prismáticos y con la otra me la movía. ¡De madre! Aquella paja parecía un número de circo. Yo creía que Matilde se desnudaba para que me pajeara. Esa idea me ponía muy caliente; pero yo sabía que, si ella se enteraba que la miraba, me haría picadillo. Ni qué decir si llegaba a enterarse Eusebio. Cuando me lo encontraba por el barrio le sonreía con cara de santico, y le decía con una voz así de buenos amigos: «¿Y qué, Eusebito?», y seguía mi camino muerto en vida, porque si ese hombre llegaba a saber que me pajeaba mirando a su mujer, me mataba.

Al viejo se le daban fáciles las palabras. Graduado de contador, leía mucho, y era presumido y limpio, y creo que después que vinieron los problemas con mi madre, tuvo sus mujeres, pero muy discreto.

La calle donde vivíamos era una Cuba chiquita. Había fidelistas y *contrafidelistas*, católicos, testigos de Jehová, santeros y espiritistas, gente instruidas y otras casi analfabetas, negociantes de bolsa negra, jugadores de lotería…

En la acera de la calle había tres laureles donde los muchachos jugábamos a las bolas o nos sentábamos a hablar a la sombra. Las raíces estaban levantando la acera, y un día llegaron unos hombres en un camión y los cortaron con sierras. A mí eso me dio mucho genio porque nos jodieron el lugar donde nos reuníamos para pasar un rato. El caso fue que sin aquellos árboles la calle perdió esa cosa bonita que siempre tuvo, ajá, su encanto.

Éramos un piquete de muchachos, pero no todos andábamos juntos sino en grupitos, ajá, por afinidades. Yo compaginaba mejor con los más grandes. Hablaban de cosas que a los de mi edad no se les ocurría. Me llevaba bien con Manuel, de mi edad, que era un Abelardito. Manuel tenía buenos juguetes y soldaditos. Nos pasábamos horas jugando en su cuarto. A veces me bañaba, comía y me quedaba a dormir en su casa. Ha sido mi único amigo, si es que pueden decirse amigos dos personas tan diferentes, y si los amigos de verdad existen; porque lo que yo pienso es que uno se inventa los amigos como se inventa tantas cosas para seguir viviendo sin perder las ilusiones. Mi padre decía que los únicos amigos son los huevos que no se separan. Y su padre, mi abuelo, que le decían el Patriarca, decía que ni los huevos son amigos porque, como uno es más grande que el otro, el más grande presume de eso y se ríe del más pequeño.

En la esquina de la calle donde vivíamos, tenía su casa una viejita de cien años que se llamaba Paquita. Sus familiares la conservaban limpiecita y bien vestida. La sentaban en un sillón en el portal, y todo el que pasaba tenía que ver con ella. Parecía uno de esos personajes dulces y buenos de los cuentos para niños. El caso es que en su casa había un jardín con jazmines, y cuando uno pasaba por allí se llevaba hasta en los huesos aquel olor a perfume. Con esos jazmines traté de hacer una colonia. Le pedí algunas de esas flores a Paquita, las machaqué con un mortero, las mezclé con agua y alcohol de bodega y lo dejé reposar siete días en un pomo de perfume vacío. Después, en un gesto de agradecimiento, se lo regalé al viejo Figueroa, que me había hecho una espada de madera de lo más linda para una fiesta de disfraces del colegio, a la que fui vestido de El zorro. A los días Figueroa me preguntó de donde yo había sacado aquella mierda, que se la había echado en la cara después de afeitarse y le salieron unas ronchas.

Había noches que el olor de los jazmines de Paquita era tan fuerte, que entraba a las casas de la calle donde vivíamos. Mi madre decía que ese olor la llevaba a un lugar con bosques y cantos de pájaros.

Frente a Paquita vivía Aura. Ufff... que mujer. Era bajita y machorra. Su casa tenía dos plantas. Desde uno de los cuartos de arriba vigilaba a la gente que iba y venía por las calles del barrio. Cualquier cosa que le parecía rara se lo decía a los chivatos o a la policía. Se decía que tenía un telescopio, y que podía ver a la gente dentro de sus casas, si tenían la ventana o la puerta abierta.

Los vecinos tenían sus dimes y diretes. A veces las puyas y discusiones entre ellos eran tremendas. Pero si surgía un problema de un familiar enfermo o una desgracia, los vecinos se ayudaban. Después, como decirte... esa solidaridad se fue perdiendo, porque hoy la gente vive más para ellas. Antes no, el vecino, con sus defectos, era como tu mano derecha, tu familiar más cercano.

Fíjate no soy un tipo sentimental, y esa época la recuerdo con una cosa así..., ajá, una nostalgia. Aquellos vecinos eran mi mundo, el único, porque entonces yo no pensaba en el mundo. Bueno, a mí tampoco me ha preocupado el mundo. Ni siquiera leo periódicos ni me interesan los noticieros. Yo he vivido metido en lo mío, en lo que me toca en este jueguito de vivir. El mundo me resbala, ¿y sabes por qué? ¿Qué sabe de mí el mundo? Nada, a no ser que yo fuera un personaje famoso, aunque su fama sea por una bobería, como haber comido sesenta huevos hervidos en una estúpida competencia, y por eso te sacan en el libro ese de los récords ..., ajá, los récords Guinness, donde hasta el que se tira el peo más grande aparece. Pero, volviendo a lo otro, lo que quiero decirte es que ningún muchacho piensa en el mundo, y mi vida era la calle donde yo vivía, su gente, y si había algo más era la otra parte del barrio y la escuela.

El barrio tenía cuatro calles así, ajá, horizontales y cuatro que las atravesaban. Eso era todo el barrio, con sus casas malas y buenas, algunos edificios, la escuela primaria, una bodega, una barbería y una peluquería. Al final del barrio había fincas y entre ellas un camino que moría en una línea de ferrocarril. Por allí pasaba un tren a eso de las once de la noche, que cuando yo estaba acostado y no podía dormir, lo escuchaba. Creía que el tren terminaba el viaje en un lago, y que allí acababa el mundo, mira tú. Una ilusión muy bonita.

Después de la línea del ferrocarril había una loma de piedras blancas, pero tan blancas, tú, que parecía cubierta de nieve; más allá una cañada con cañabravas y helechos; y después un espacio grande de tierra arenosa que se le conocía como el arenal. Todo aquello, desde donde empezaban las fincas hasta el arenal, era solitario. Había mucho matorral. Solo se oían los pájaros y se veía un montón de mariposas.

Mi madre nos tenía prohibido a mi hermano Mario y a mí que fuéramos a ese lugar donde decían que habían encontrado a un hombre muerto. Pero yo me iba para allá, a veces con los muchachos grandes para coger mangos de unas matas silvestres; otras para cazar mariposas con Manuel, y llegábamos al arenal. Así que todo aquello lo conocía bien, incluso la cañada en la que cogía pececitos para venderlos en el barrio, porque desde fiñe gané dinero.

Las ocho calles del barrio tenían nombres. La de mi casa era Buenaventura, y allí pasó la vida de nosotros hasta los once o doce años, porque ya con trece nos alejábamos de la casa para jugar en otras partes del barrio.

En Buenaventura, después que salíamos del colegio, jugábamos pelota hasta las seis o las siete. Teníamos un campeonato y Manuel era el que llevaba las estadísticas. Manuel no jugaba pelota. Jugaba ajedrez y en eso era muy bueno. Por las noches, el grupo de muchachos nos sentábamos en la esquina para hacer cuentos, hasta las diez más o menos que todos nos recogíamos.

Al doblar la calle donde vivíamos estaba la posada. La rodeaba un muro alto de ladrillos y laureles grandísimos. Los muchachos mayores cruzaban el muro y se acercaban a las ventanas para oír a las parejas templar y pajearse. Yo tenía tremenda curiosidad. Un día crucé el muro y me acerqué a la ventana de una habitación. La cama sonaba y se oían los quejidos de una mujer. Aquello me puso muy caliente, y cuando me la saqué para pajearme, el administrador de la posada me cogió por el brazo y me llevó a la oficina. Me preguntó qué hacía yo allí. Creí que él lo sabía y no le contesté. Tú estabas haciéndote una paja, me dijo. Yo estaba bien asustado. No estaba en nada, le dije. ¿No? Sí que te pajeabas, me dijo, y me agarró el rabo por arriba del pantalón. Todavía la tienes parada, dijo. Maricón, le dije, le quité la mano y me fui.

Ese era el barrio. De lunes a viernes las clases en el colegio, y sábados y domingos a *mataperrear*. También pasaba horas dándoles de comer a las palomas, atendiendo a los pichones y sacándolas a volar. Llegué a tener muchas, y las vendía y algunas regresaban.

Una vez fue a verme Pichirra, un muchacho churrioso que comía lagartijas y vivía en otro barrio. Yo le había vendido un palomo que todo el mundo conocía como El salvaje, pero días después regresó a mi palomar. Pichirra me lo fue a reclamar y no se lo di; porque en las reglas de los que crían palomas, está la de que la paloma que se venda y regrese, no se devuelve. Entonces me amenazó y sacó una navaja como un mago saca un conejo debajo de la manga. Al principio me quedé un poco así en el aire porque una navaja no es una pistolita de agua, y Pichirra tenía fama de guapo, había cortado a algunas gentes.

—Está bien —le dije para ganar tiempo—, te voy a devolver el palomo.

Y cuando bajó la mano, se la aguanté y le quité la navaja, la tiré lejos y me enredé con él a los piñazos. Le partí un diente. Él se fue tranquilo, como un perdedor. Y por la madrugada me robó todas las palomas. Figúrate, yo estaba reuniendo dinero para comprarme un traje de pelotero con el guante y los zapatos deportivos, y lo gasté comprando palomas, pero no tuve la cantidad de antes.

Había una mujer en el barrio que los domingos llevaba a los muchachos a la iglesia del pueblo. Mi hermano Mario iba con ella. Me burlaba de Mario porque él y un mariconcito, eran los únicos varones del grupo en medio de un montón de muchachitas. Yo entonces veía a la iglesia como un lugar para mujeres, sobre todo viejas. Para mi ir a la iglesia era cosa de maricones.

En esa época todavía mis padres no nos dejaban a mi hermano ni a mí ir solos a La Habana. Me puse a pensar que si iba a la iglesia podía salir del barrio y dar un paseíto los domingos. Cuando la mujer fue a recoger a Mario, le dije que yo quería ir a la iglesia. Me dijo de lo más contenta que qué bueno, que ella había rezado mucho para que me convirtiera, y así empecé el catecismo.

En el colegio, al alumno que fuera religioso le ponían una nota en el expediente. A los viejos míos eso no les importaba con tal de que lo que nos enseñaran en la iglesia pudiera tranquilizarnos; sobre todo a mí que era *rinquincalla*. Pero la iglesia no me vio mucho el pelo. Los dos primeros domingos fui a las clases de catecismo. El tercero me puse de acuerdo con otro muchacho que era medio loquillo, y en vez de entrar a la iglesia, nos fuimos en la lancha de Regla para La Habana. Caminamos un poco por el malecón y luego regresamos. Cuando llegamos a la iglesia ya la mujer se había ido con la cuadrilla de muchachos. Me castigaron a no salir de la casa durante un mes, a no ser para ir al colegio.

Un tipo que trabajaba en el almacén de una tienda, le llevaba a mi madre cosas para que las vendiera. Sobre todo, ropa y zapatos. Los clientes se sentaban en la sala, y mientras mi madre les hacía café, hablaban de lo humano y lo divino. Así me fui enterando de cómo era la gente. Bueno, la gente según las veían mi madre y las personas que la visitaban, pero aquellas conversaciones me daban una idea de la vida del barrio.

Fidel daba discursos casi todos los días. Y si no hablaba, por la televisión y la radio ponían pedazos de discursos de él. Decía que los americanos iban a invadirnos en cualquier momento y que la gente tenía que estar preparada para la guerra.

—No habrá guerra ni timbales —decía el viejo Figueroa—. El objetivo es mantener a la gente preocupada con eso.

Una parte del vecindario simpatizaba con la Revolución, pero otra no. De los que simpatizaban, algunos compraban en la bolsa negra y se hacían los bobos si oían algo que no fuera favorable a la Revolución; pero otros lo que tenían con Fidel era delirio.

Clara, la presidenta del Comité, nadaba en las dos aguas. Llevaba el Comité que era una maravilla, con récords de horas de trabajo voluntario y donaciones de sangre, y le daba cosas a mi madre para que las vendiera. Cuando algún policía andaba averiguando por alguien para que ella le diera referencias, Clara alertaba a la gente. Todos los años los vecinos de la cuadra votaban por Clara para que siguiera siendo la presidenta, y lo fue por un montón de años.

En esa mezcla de opiniones políticas y religiones, de gente decente y grosera, y de aquella cantaleta de la Revolución desde que llegabas al colegio hasta la tarde que te sentabas ante el televisor para ver los muñequitos, fui creciendo. Fíjate lo que da repetir tanto una cosa, que se hablaba tan bien de la Revolución y tan mal de Estados Unidos, que llegaba el momento, tú, que la Revolución te importaba tres cojones y empezaba a llamarte la atención Estados Unidos.

Un personaje tristemente célebre del barrio era Lucrecio. Tendría unos sesenta años. Vivía con una hermana tuberculosa, que tosía y escupía como carajos; parecía una bruja con el pelo canoso y despeinado. Lucrecio caminaba por la calle sin mirar a nadie, con la vista al frente y una agenda debajo del brazo. Mi madre nos decía a Mario y a mí que solo lo saludáramos y punto. Era el coordinador municipal de los Comités. Hasta los comunistas del barrio se cuidaban de él, porque para él la Revolución era como Dios, que no se equivocaba ni podía criticarse.

A mí me daba lo mismo treinta que ochenta. Yo siempre he vivido a mi manera. Si no se meten conmigo, yo no me meto con nadie. Pero un día viene Lucrecio a mi casa para hablar con mi madre porque, según él yo tenía que derrumbar inmediatamente el palomar; así, porque a él le salía de los cojones. Mi madre le preguntó por qué había que quitar el palomar, y él le dijo que yo no tenía licencia para criar palomas. Mi madre le preguntó que quiénes de los que criaban palomas en el barrio tenían licencia, y él no le respondió; pero dijo que yo era menor de edad y vendía palomas ilegalmente, y que ella y mi padre me lo permitían, y que por eso podían tener problemas con la justicia.

Mi madre lo cogió por el brazo y lo sacó de la casa, le gritó chismoso y le tiró la puerta en la cara.

Clara le dijo a mi madre que se cuidara de Lucrecio y que dejara los negocios por un tiempo porque él era vengativo y la policía y los dirigentes lo escuchaban. Pero mi madre tenía más cojones que Maceo. Hay mujeres que cuando dicen por aquí, más vale dejarlas, y gritó en la calle que por su papaya ella no iba a quitar el palomar. Y no lo quitamos. Pero un día, al amanecer, se apareció la policía en mi casa para hacer un registro, y le cogieron a mi madre unos rollos de tela. Mi padre se echó la culpa, pero mi madre dijo que eso era de ella, que se los había comprado a un hombre que estaba de paso.

—¿Tanta tela para hacerse ropa usted, sus dos hijos y su esposo? —le dijo uno de los policías.

—Sí, tanta tela para nosotros —le respondió mi madre, y le pusieron una multa.

Desde ese momento le cogí tremendo odio a Lucrecio, y juré que lea haría una trastada. Porque se puede ser comunista y lo que tú quieras, pero no malo, y ese hombre se valía de sus cargos y relaciones para joder a los que tenía atravesado.

16

2

El parque estaba a la salida del barrio. Tenía dos canales, unos caballitos, unos botecitos, un tiovivo y dos cachumbambés. Lo limitaba una cerca perle. Fuera había unos bancos de granito donde se sentaban los *hippies*. Se la pasaban allí casi todo el día tocando guitarra.

Todo el barrio hablaba de ellos. Yo iba a verlos con Corbata. Corbata tocaba guitarra. A mí no me gustaba tanto la música. Me gustaban mucho las canciones de Los Beatles y me llamaban la atención los pelúos, que así les decían a los *hippies* en el barrio. Se habían dejado el pelo largo, se vestían con camisas y pantalones apretados y yo creo que ni se bañaban. Me gustaba esa onda de ellos de estar en el parque viviendo a su aire, sin importarles lo que dijera la gente. Estaban allí hasta la madrugada; a veces amanecían después de descargar toda la noche.

Los peluos le enseñaron a Corbata a tocar algunas canciones de Los Beatles. Un día que Corbata tocaba «Yesterday» en la esquina de la calle con un grupo de muchachos que le hacíamos coro, pasó Lucrecio y le dijo:

—Esa canción es de los *hippies*.

—Esa canción es de Los Beatles —dijo Corbata.

—Pero la tocan los pelúos esos en el parque.

—¿Y qué? —dijo Corbata que era un echao pa´lante.

—¿Qué? Que los pelúos y Los Beatles de mierda esos son todos unos contrarrevolucionarios, y yo sé que algunos de ustedes van al parque a oír lo que ellos cantan y hablan, y van a tener problemas.

—Para usted todo lo que hacemos los muchachos en el barrio es un problema —le dije.

—Todo no —me dijo—. Todo lo que atente contra la Revolución.

—¿Y qué tiene que ver la música de Los Beatles con la Revolución? —le dijo Corbata. Y Lucrecio hizo un gesto con la mano y se fue.

A veces la negra Aurelia daba un toque de santo. Yo nunca he creído ni en mi sombra, pero respeto. Aurelia era una gorda muy llamativa. Se ponía una saya ancha con vuelos de colores. Se echaba mucho talco en los brazos y el cuello y siempre olía a colonia. Muy limpia, sociable; no había nadie que no se llevara bien con ella. A los toques que daba iba un montón de gente. El frente de su casa se llenaba de carros con personas que venían de otras partes, hasta de Matanzas.

Aurelia tenía hecho Yemayá y su marido era babalao. En una pared de la sala de su casa colgaba un cuadro grande con la orilla de una playa y el horizonte, y un bote de vela navegando. Debajo del cuadro había caracoles, piedrecitas, cangrejitos disecados y esas cosas del mar.

Cuando Aurelia daba los toques los muchachos entrábamos a la sala, cogíamos dulces y caramelos que ponían en fuentes, y veíamos bailar y montarse a los santeros.

En aquel toque yo estaba en un rincón mirando bailar a un tipo. Daba unos saltos del carajo moviendo las manos como si cortara cosas con un machete. No se cansaba de dar vueltas y brincos; y en una de esas metió uno que cayó a mi lado, me cogió por la mano y me llevó hasta los tambores.

Primero me dio un poco de risa. Me cogió por los hombros, me sacudió muy fuerte y dijo que me pusiera de frente a los tambores y me inclinara porque yo era hijo de Changó, y que Changó quería que yo le hiciera reverencia.

18

Figúrate, tuve que hacer reverencia con las manos cruzadas en el pecho y bajando y subiendo la cabeza. Y en eso aquel hombre se me acercó al oído y me dijo:

—Dice Changó que Icú va a visitar tu casa y se llevará a alguien de tu sangre, y que eso no tiene remedio.

Yo no sabía lo que me estaba diciendo. A los quince días a mi hermano Mario empezaron a darle unas fiebres y lo ingresaron.

Mi madre y mi padre no salían del hospital. Los partes eran muy graves. Durante casi una semana viví en casa de Manuel. Comía, me bañaba y dormía con Manuel.

Eran como las seis de la tarde cuando mi padre llegó a recogerme. Al verlo con una cara extraña le pregunté:

—¿Y Mario?

Entonces me abrazó y con eso me lo dijo todo. Mi padre me apretaba fuerte contra el pecho llorando sin consuelo, y a mí no me salía una lágrima. No lloraba porque soy muy seco. Yo creo que ninguna mujer pueda pensar que yo la quiero, y he querido algunas, me he muerto por ellas, aunque no se lo demostré. No sé si esa forma mía de ser sea una virtud o un defecto.

En la funeraria no me atrevía a ver a Mario. Mi madre estaba desplomada en un sillón, y mi padre y yo en otros al lado de ella. Creo que por allí pasó todo el barrio.

Tiene que ser tremendo perder un hijo. Lo corriente es que uno entierre a sus padres, no a un hijo… A esa hora nada te consuela. Y mi madre a cada rato decía: «*¿Por qué Dios ha permitido esto? ¿Por qué precisamente a mí me ha tocado?*».

Los compañeros de escuela de Mario le hicieron guardia de honor. Fue el director de la secundaria, el director municipal de educación, muchos maestros y amiguitos de mi hermano.

Tiene que morir alguien para que la familia se reúna. Hasta el Patriarca, mi abuelo por parte de padre, fue. El Patriarca y mi madre no se trataban desde antes de yo nacer. No iba a mi casa y solo lo había visto algunas veces. Era un hombre… como decirte… No se parecía a nadie. Tenía una barba de años y usaba un sombrero blanco, y era un tipo alto que te miraba que daba la impresión de que se metía dentro de uno. LLamativo, vaya. Aja, pintoresco. Cuando llegó a la funeraria, abrazó a mi padre. A mi madre no la trató.

Yo no quería ver a Mario, pero cuando llegó el momento de cerrar la caja para el entierro, mi padre quiso llevarme para que lo viera. Le dije que no, pero él me respondió que tenía que ir. Entonces, mirándolo allí fijamente, me acordé de cuando niños que jugábamos de mano en la cama antes de bañarnos, que yo siempre le ganaba y terminaba sentándomele en el pecho, y aguantándole las manos le decía: *«¿Y qué vas a hacer ahora? ¿Qué vas a hacer, muchachito?».* Y ese recuerdo me partió el alma. Y fíjate, lloré. Lloré la cantidad que nunca había llorado.

Tuve que aprender a vivir sin Mario. Digo tuve que aprender porque su falta en casa era como una presencia. Yo tenía trece años. Me parecía verlo caminar en casa de un lado para otro. A veces, cuando llegaba la noche, pensaba por qué no había llegado, y entonces me acordaba que había muerto.

La pérdida de Mario me hizo pensar en la muerte y la vida, porque pensar en la muerte te lleva a analizar la vida. Hasta ese día yo sabía que la gente moría, pero eso no me preocupaba ni hacía preguntarme cosas.

Pensé en la muerte como algo que tenía que suceder y podía ocurrir en cualquier momento. Descubrir eso, al principio, me dejo pensando, y hasta sentí tristeza; pero como yo tengo un modo frio de ver las cosas, entendí que, ya que había que morirse, había que aprovechar bien la vida, porque como no creo en Dios, tampoco creo que no hay otra vida que esta.

Con la muerte de Mario comenzó la bebedera de mi madre. No pudo acostumbrarse a vivir sin Mario y se tiró a la borrachera. Se negó a atenderse con el médico para su depresión. La cogió con ir a los santeros. Uno de ellos le dio un Elegguá y así fue ocupando la esquina de su cuarto con esas cosas. Tenía la foto de mi hermano dentro de una copa con agua sobre una mesita, y cada vez que se le ocurría empezaba a echar humo con un tabaco y rociar aguardiente.

Como Mario fumaba cigarros, mi madre encendía uno y lo colocaba en un cenicero delante de la copa, y ahí conversaba con él para contarle de nosotros, es decir de mi padre y de mí y de Fernanda, que había sido su novia. De mi padre y de mí le daba quejas. De Fernanda le decía que desde que él se había ido ella no tenía novio. No sé de dónde mi madre sacaba eso, porque hasta yo me acosté con Fernanda.

Vino una época de fuertes discusiones entre mi madre y mi padre. Ella le cogió a él como un odio enfermizo. Le echaba las culpas de todo. Pero aun así mi padre trató de que regresara a la normalidad de la vida. Le decía que las personas que han perdido hijos lo sufrían, pero que eso de echarse a morir y tirarse a la bebida, era abandonar al resto de las personas que la querían. Y ella como si nada.

Mi padre la dejó por incorregible. Ya no llevaron vida matrimonial. Ahí fue cuando mi padre me construyó el cuarto en la azotea.

Una tarde apareció en el barrio un perro grande con un cartel que le colgaba del cuello que decía yo soy Rufino. El perro se paraba en las puertas de las casas y la gente lo echaba. Varios días estuvo el perro andando por el barrio con aquel cartel con su nombre que no dejaba que nadie se lo quitara del pescuezo. El que lo intentaba, Rufino le enseñaba los dientes.

Un día que regresaba de la escuela, vi al perro echado en la esquina de la calle. Me dio una cosa así sentimental porque nadie lo quería. Nada más le dije vamos, Rufino, se levantó y lo llevé a vivir conmigo en el cuarto de la azotea.

Fue con Rufino que se me fue pasando poco a poco la pensadera en Mario. Pero fíjate tú, era un perro muy raro. Siempre estaba echado, tranquilo, muy serio. No era juguetón ni nada de eso. A veces se ponía a mirarme y mirarme, y me daba la impresión de que llevaba dentro una persona, porque me miraba de una manera como si estuviera queriendo decirme algo. Con la única persona que Rufino movía el rabo y se paraba en dos patas y le ponía las patas de alante sobre el cuerpo, era con Manuel.

Rufino dormía a los pies de mi cama. Por el día andaba por la azotea sin molestar a mis palomas, y se echaba en el borde de la azotea con las patas de alante que le colgaban para afuera. Así, como un niño, pasaba rato mirando a la calle y la gente pasar.

3

Que mi madre fue prostituta, lo supe por una conversación que oí entre dos vecinos. Yo estaba casualmente detrás de unas matas de mar pacífico en la acera de la calle donde vivíamos, y del otro lado de las matas, en la calle, conversaban esos dos hombres. Hablaban de lo bien que mi padre y yo nos llevábamos, cuando uno de ellos sacó a relucir que mi madre había trabajado en un prostíbulo, y el otro le dijo: «*No jodas, ¿fue puta?*».

Esa noche, mientras mi padre y yo comíamos en la mesa, me hice el chivo loco y le pregunté cómo mi madre y él se habían conocido. Él comenzó a inventarme un cuento diciéndome que se habían visto por primera vez en un parque de un modo muy bonito y todo eso, hasta que lo interrumpí diciéndole que era mentira. Mi padre se hizo el bravo porque yo lo desmentía. Y le hice el cuento de lo que había escuchado de aquellos dos hombres. Entonces me habló claro porque él sabía que a mí no me gusta que anden por las ramas, sino por el tronco.

Mi padre visitaba el prostíbulo. Mi madre era muy joven. Mi padre empezó a pedir sus servicios, y un día le dijo que no trabajara más, que le iba a alquilar un cuarto en el Cerro para que viviera allí siendo su amante, porque él estaba casado, pero le prometió que iba a divorciarse. Ella aceptó, pero cuando pasó el tiempo y vio que él no se divorciaba, dejó el cuarto y regresó al prostíbulo. Mi padre fue a buscarla. Volvió a sacarla de allí y en unos meses se casó con ella.

No sé qué tenían que ver el uno con el otro. Ella sin mucho nivel de escolaridad, y el viejo era contador y casi siempre andaba con un libro. Ella era de al pan, pan, y al vino, vino, y mi padre le daba siempre vueltas a las cosas con diplomacia y palabritas bonitas. Mi madre decía un montón de malas palabras, le gustaba el chisme con otras amigas, y mi padre nada que ver con eso. Sin embargo, se querían. Ella era quien llevaba todo lo de la casa, mientras él vivía recogido en lo suyo con las cosas de su trabajo. Parecía que en la casa él no pintaba ni daba color, pero cuando tenía que hacerse sentir, se sentía.

No, no me afectó saber que mi madre trabajó en un prostíbulo. Será porque no tengo prejuicios. Es más, después que mi padre me dijo la verdad, entendí mejor el carácter de mi madre, y a él lo quise más porque la sacó de aquella mala vida.

Meses después que murió mi hermano, la vieja vivía y moría borracha. El viejo no llegaba a casa hasta la noche. Yo estudiaba en la secundaria y hacía lo que me diera la gana. Algunas veces iba a clases y otras me quedaba sentado en el parque de Regla, y otras me iba para la playa, y otras a bañarme en un espigón que había en el puerto. Llevaba una sola libreta a la escuela. La doblaba y me la metía en el bolsillo de atrás del pantalón. En ella solo escribía la fecha, el nombre de la asignatura y el asunto de la clase.

Aparte de que no me gustaba estudiar, la escuela se me hacía más insoportable por la directora. Todas las mañanas, antes de entrar a las aulas, en el área de formación, nos echaba un discurso a todos los alumnos. No había un día que se le olvidara decir que los mártires de la Revolución habían dado sus vidas para que pudiéramos tener lápices, libretas y escuelas gratuitas. Que jodido me tenía aquella mujer con eso.

Como mi madre, con sus borracheras, casi nunca cocinaba, y mi padre llegaba tarde, yo comía en la casa de Manuel, y a veces me quedaba a dormir. Manuel era muy estudioso. Por nada del mundo dejaba de entrar a un turno de clase, y trataba de aconsejarme para que yo me recogiera al buen vivir en la escuela.

Me había acostado con un montón de chiquitas, pero había una que vivía en la última calle del barrio, y me gustaba como carajos; porque eso pasa, que la que no se te da es la que te obsesiona. Se llamaba Amanda, un poco plástica como la madre. El padre trabajaba en no sé qué lugar muy importante y viajaba mucho. Tenían una casa de dos plantas, la mejor del barrio, y la gente le decían los burgueses.

Todos los días yo pasaba por el frente de la casa de Amanda, pero no la veía, hasta que la vi en el portal. Estaba sentada en un sillón con un gato sobre las piernas, y me acerqué a la puerta del jardín y le dije que daba lo que no tenía por ser el gato que ella acariciaba.

A partir de ahí todos los días entrábamos en conversación. Ella sentada en el portal y yo en la puerta del jardín como un guanajo esperando el momento en que a ella le diera la gana de mandarme a pasar.

Amanda se hacía la larga conmigo, pero la dejaba porque ya estaba *picando el anzuelo*, y yo tenía una novia en la escuela con la que descargaba. Se llamaba Zoraida, pero le decían Zora. Tenía cara de ecuatoriana o boliviana y cogía tremendas luchas conmigo. En la secundaria no me perdía pie ni pisada. Cuando *yo estaba para ella* le dejaba pasar esas persecuciones; pero cuando no, la mandaba pa'l carajo. Entonces se ponía brava conmigo y yo aprovechaba su distancia y me cogía algunos días de libertad para hacer lo que me diera la gana.

Las clases me daban sueño. Aprobaba los exámenes porque otros me soplaban lo que había que responder. No dejaba la escuela porque no tenía edad para eso.

Zora, mujer al fin y enamorada, trataba de meterme por el buen camino. Criticaba mi desinterés por la escuela, mi chabacanería y mis andanzas con los peores alumnos.

—Siempre te pegas a la mierda —me decía. Yo parecía hacerle caso, pero me entraba por un oído y me salía por el otro. ¿Para qué discutir con las mujeres? No vale la pena. Hay que dejarlas con su *matraca*. Lo jodío es que, si no les haces caso, entonces dicen que eres indiferente y vuelven a pelearte. Con ellas no se sabe con la que se gana o la que se pierde.

Zora era militante de la juventud comunista, pero en el fondo no era comunista ni cojones. El padre, al que yo le caía muy mal, era un negociante. Con tal de buscarse el dinero, era hasta capaz de vender cajas de muerto. Se llamaba Irino, y yo, para joder a Zora, le decía:

—¿Y cómo está mi suegro Irino harina? —y ella me miraba de reojo—. Yo sé que él quisiera que me tragara la tierra, pero lo siento. Bicho malo nunca muere.

Zora tenía no sé qué cargo de la juventud comunista en la escuela, y cuando ese grupo de dirigentes se reunían, hablaban de los problemas de los alumnos. Un día salió de lo más preocupada de una de aquellas reuniones, y fue a verme de noche a la casa para decirme que habían dicho que yo era un caso social.

—¿Qué cosa es un *caso social*? —le pregunté porque de verdad que no tenía idea de esa frase.

Me explicó que yo necesitaba de un tratamiento especial y le iban a informar de mi conducta a un equipo de especialistas del municipio para que visitaran a mis padres.

—Caso social —le dije—. Mira que ustedes los comunistas inventan palabritas y hablan porquerías.

—Es verdad —dijo ella.

—¿Verdad qué, chica?

Entonces me dijo que era verdad que yo tenía problemas y que mi madre era alcohólica. Yo le respondí que la suya era una tarrúa, y me dio una galleta. Acto seguido le di otra, y me dijo llorando que ella daba por terminado lo nuestro, y yo le dije que lo había dado por terminado hacía tiempo, pero como ella era tan imbécil no se había dado cuenta.

—Grosero —me grito. Le dije:

—Sí, pero como te gusta hacerlo conmigo.

Me dijo cochino, y yo le dije comunista descarada, que comía y vestía bien de los negocios de su padre.

Me cogió un odio tremendo. Si pasaba por mi lado, me viraba la cara. Si veníamos caminando de frente por la calle, ella cogía por la acera y bajaba la cabeza. Fui duro con Zora, pero me dijo que mi madre era alcohólica.

Ya yo estaba con Amanda. Poco a poco había logrado pasar de la puerta del jardín al portal, y del portal a la sala, y de la sala a su cuarto, y en su cuarto a besarnos detrás de la puerta, y besándonos fuimos caminando y quitándonos la ropa hasta llegar a la cama.

Ahí empezó una de las relaciones más locas de mi vida. No es que me enamorara de Amanda ni ella de mí. Fue, ¿cómo decirte?, ajá, una pasión, una pasión muy fuerte. Yo entraba a su casa cuando no estaban sus padres, casi siempre a eso de las dos de la tarde, que la abuela se acostaba para dormir la siesta. La llamaba desde el teléfono público de la bodega, y ella me esperaba en el portal y yo subía como un rayo las escaleras de la sala que daban para el cuarto suyo.

Amanda tenía algo de chinita en la cara, un lunar cerca de la boca, bajita de estatura, y delgada, con un cuerpo como una guitarra. Una loca en la cama. Nada más de besarla se mojaba cantidad. Yo le pasaba los dedos por el sexo mojado y se los daba a chupar, y cerraba los ojos y los chupaba como si fuera un mango jugoso. Y eso *me mataba*. Me tenía la muy puta a sus pies.

4

Con las borracheras de mi madre y que el viejo no llegaba del trabajo hasta las ocho o las nueve de la noche, yo vivía a mi aire. Andaba con dos socios del barrio, que además de que me llevaban cuatro o cinco años, eran mierda pura: Cirilo y Cara Triste.

Le decían Cara Triste porque tenía la boca que parecía que siempre estaba amargado o bravo. No sé si me entiendes. Ajá, ese tipo de expresión en la boca que parecía amargado, y lo era. Se ponía bravo de cualquier cosa y nada le daba risa. Al hermano de Cara Triste, unos años mayor que él, le decían Pata de rana porque calzaba tremendo número y usaba unos tenis grandes con los que parecía un payaso. Una familia de lo más curiosa, porque aparte de ellos dos (Cara Triste, que era metralla, aunque no lo pareciera, y el hermano, un tipo muy serio que tocaba puerta por puerta para darle charlas de Dios a la gente), tenían una hermana que le decían la Cantimplora porque se templaba hasta malanga. No era bonita, pero estaba buena, aunque se veía un poco abandonada. Y para completar el cuadro, la madre, miliciana, más comunista que Lenin. Se pasaba el día en el colegio del barrio vestida de verde olivo ayudando en lo que la pusieran. Lo mismo repartía merienda en el receso escolar que limpiaba los baños o visitaba la casa de los alumnos para saber por qué no habían ido a la escuela. No tenía tiempo para atender su casa, pero no le alcanzaba para dedicárselo a la milicia y a la escuela y al chisme.

Cirilo era hijo de la alcohólica con la que empezó a beber mi madre después de la muerte de Mario. Se llamaba Candita. Eran ocho hermanos. Tú los ponías uno al lado de otro y por tamaño parecían una escalera. El marido de Candita la había dejado por otra mujer hacía un montón de años, y ella lo veneraba a pesar de que él le había pegado los tarros; y lo curioso es que decía que, después de él, se había clausurado el sexo porque ese era el hombre de su vida. Qué suerte tienen algunos hombres que después de haber jodido tanto, lo consideren casi un santo. Cosa rara porque las mujeres dicen que el mejor de nosotros debe estar siete metros bajo tierra.

Candita era espiritista. Consultaba bajando una muerta que se llamaba Francisca. Casi todas las muertas que se montan se llaman así, o debe ser la misma. Con eso de que todos los espiritistas la llaman para consultarle, Francisca debe estar de lo más cansada, la pobre.

Candita también tiraba las cartas y daba misas espirituales. Era muy mal hablada, pero como sucedía con la negra Aurelia, todo el mundo se llevaba bien con ella y la querían. Se quitaba hasta lo que no tenía para dárselo a cualquiera, y cuando en la cuadra alguien se enfermaba o lo ingresaban en un hospital, ella iba a ver al enfermo. Si alguien del barrio moría, Candita se cogía el muerto para ella sola. Al viejito Julio, que desde temprano su hija y su mujer lo mandaban para la calle hasta la tarde, Candita le daba desayuno y almuerzo. Era un viejito noble noble, que no se metía con nadie, y partía el alma verlo sentado en la esquina, con sol o frio, hasta la cinco de la tarde que le permitían entrar a la casa.

Candita vivía con su pandilla de hijos en un apartamento de dos cuartos. Aquella casa era de película, porque además de sus hijos la visitaban una pila de gente.

Ponían música y bebían y los muchachos jodiendo que aquello era una casa de locos, pero vivían a su aire, muy felices, comiendo casi siempre arroz con huevo o pan con tortilla y tomando agua con azúcar prieta.

Bueno, la cosa es que Cirilo criaba palomas. Tenía los casilleros en una pared del patio. Era dueño de un palomo muy bonito que se llamaba el Salvaje, y cada vez que lo vendía, regresaba a su palomar. Le había sacado tremenda cantidad de dinero.

Fui a casa de Cirilo a echar una paloma mía con el Salvaje para sacarle cría, y ahí cogimos confianza. Hablando de palomas y eso, empezamos a andar juntos, y como él y Cara Triste eran amigos, así conocí a Cara Triste. Yo estaba loco por estar con la hermana de Cara Triste, y me dijo que él iba a propiciarme eso. Pasaban los días y nada, y le dije que era un mentiroso. Mi hermana tiene un precio, me dijo. Le pregunté cuánto, y me respondió el precio es este y me agarró la pinga, y le di un empujón que lo senté en el piso. Mariconzón, le dije, lo escupí y me fui. Ese fue el día que descubrí quién era Cara Triste, y por qué él y Cirilo casi siempre andaban juntos y se perdían por los maniguales que había detrás del barrio.

Un día Cirilo me invitó a jugar a la siete y media. Esos juegos se hacían de noche en la casa de Ortelio, un mulato de unos sesenta y pico de años que había sido estibador de los muelles y tenía tremenda cara de perro bóxer, parecía que siempre estaba bravo. La casa de Ortelio quedaba en la parte del pueblo que le decían La loma, un lugar donde había un plante de ñáñigos al que yo estaba loco por pertenecer.

Ortelio vivía solo, pero su casa parecía una joya: bien cuidada y con muebles bonitos, y era como una mujer con la limpieza y el cuidado de los muebles. Un tipo quisquilloso. Su mujer había muerto hacía unos años y su hija se había casado con un español sesentón que la tenía como una reina. Había viajado por una tonga de países, y a Ortelio no le faltaba nada porque ella se ocupaba mucho de él.

Al fondo de la casa de Ortelio había una habitación con una mesa y sillas donde se jugaba a las cartas y al cubilete. Como corría el dinero allí. Ortelio también era banquero de bolita y yo sabía que Cirilo recogía terminales para él.

La cosa fue que el primer día que jugué a la siete y media perdí trescientos pesos. Al día siguiente vendí diez palomas y me fui a jugar ese dinero y gané. Y así me envicié, y no había tarde que no fuera a jugar. Ganaba y perdía, pero más perdía que ganaba; porque aparte de que el juego de la siete y media depende mucho de la suerte por las cartas que uno coja, también tiene su estrategia que no depende de las cartas que se tengan, sino del jugador. Y allí jugaban mafiosos, tremendos mentalistas, que se plantaban con dos cartas que parecía que habían hecho siete y media, y solo tenían cinco o seis puntos, y le ganaban a los comemierdas que de tanto pedir cartas para ganarles, se pasaban. Es decir que yo no le metía muy bien a ese juego, y un día me dije: no juego más a esa mierda; pero como lo mío siempre ha sido buscar dinero, hablé con Cirilo para meterme a recoger terminales. Ortelio me aceptó como listero y así empecé en la bolita.

La lotería que se jugaba en Cuba se trasmitía por onda corta desde México. Yo recogía terminales por varios barrios. Diariamente hacía unos doscientos y pico de pesos de ganancia por recogida, más la de los premios. Tremendo negocio porque la gente jugaba mucho, pero la lotería era perseguida por la policía, y uno de los que estaba puesto para eso era el chivatón de Lucrecio, que había comentado que en el barrio había varios boliteros.

Yo iba recogiendo los números por las casas de los jugadores y escondiendo los papelitos en los que la gente apuntaba dentro de mis zapatos. Luego subía a mi cuarto en la azotea para pasarlos a la lista: los números fijos y corridos, los parlés y las centenas. Casi nadie apuntaba centenas. Lo que yo sé es que daba premios como carajos.

Las palomas llegaron a cansarme. O no es que me cansaran; es que la apuntación me llevaba mucho tiempo. Vendí las pocas que me quedaban y desarmé el palomar. Solo me quedé con el cuartico donde dormía, o más bien donde ya vivía porque pasaba más tiempo en él que en la casa. Además, ya tenía a Rufino. A veces se me quedaba mirando con una cosa así que parecía que dentro llevaba una persona, y como no era un perro bonito, yo le decía: oye, tú tendrás de Ru, pero de fino nada, y se ponía contento y movía el rabo.

Yo subía a la azotea a las chiquitas para estar con ellas. Allí también seguía viendo de vez en cuando a Matilde en cuera; porque en su cuarto había un baño y ella salía de él desnuda, abría la puerta del escaparate y empezaba a escoger la ropa con la que iba a vestirse; pero ya no me pajeaba con ella porque cogía con algunas chiquitas.

Mira, muchacho, una tarde Matilde y yo coincidimos en la bodega del barrio. Llegó y preguntó el último. Yo estaba en la cola, y cuando me viré para saber quién era, me pareció que me miró de un modo como diciéndome: *«Yo sé que me has visto encuera»*, y sentí una sensación rara en el estómago. Yo siempre viví con la duda de que ella sabía que la miraba, y un día tuve la intención de llegarme hasta su casa para recogerle una jugada, porque ella jugaba, pero con Cirilo. Pero nunca lo hice.

Yo escondía las listas de la lotería en mi cuartico. Ni mi madre ni mi padre sabían que yo recogía terminales. Dos días después del sorteo las quemaba. Mi dinero lo guardaba en un lugar del techo del cuartico, pero después me pareció mejor esconderlo dentro del colchón de mi madre. Como mi madre estaba tan perdida con la bebida, a veces pensaba que, si a ella le daba por vender el colchón para beber, perdería el dinero, pero no tenía otro lugar más seguro donde guardarlo.

Cuando yo iba a la casa de Cirilo y la veía bebiendo con Candita y un maricón al que le decían Pituca, me costaba creer que fuera aquella misma mujer de antes de la muerte de Mario. No me daba repugnancia ni nada verla así. Tampoco te voy a decir que me gustaba que hiciera esas cosas. Me era indiferente. Yo pasaba por la sala donde ellos bebían cantando canciones mexicanas, o Pituca estaba haciendo cuentos porque era muy simpático y ocurrente, y seguía al cuarto para ver a Cirilo.

Mientras mi madre estaba en eso, mi padre en casa cocinando, en sus papeles de trabajo, metido en un libro o viendo la pelota. Qué distancia entre ellos dos, qué diferencia. No sé si él sufría eso. Tenía que dolerle, pero no lo demostraba. Me seguía atendiendo, como si todavía yo fuera un niño chiquito. A veces lo veía en los trajines de la casa y me ponía a pensar en los malos pasos que yo andaba, y me daba sentimiento. A pesar de eso seguía en lo mío porque yo era mala cabeza.

Una noche Cirilo, Cara triste y yo nos fumamos una marihuana. De pronto, Cirilo le dio un gaznatón a Cara Triste y Cara Triste empezó a llorar. Vamos, maricón, le dijo Cirilo, y lo cogió por un brazo y se lo llevó al manigual. Cara Triste era como la mujer de Cirilo.

Yo me sentía flotando. Me dio por reírme. Empecé a caminar y caminar y fui a parar a la casa de Amanda. La puerta del jardín estaba cerrada; me encaramé en la cerca, la crucé y toqué el timbre de la puerta. Me salió el padre; pero cuando me sale el padre, yo sabía que era él, pero al mismo tiempo era otro, y al preguntarme qué quería, vi que de su boca salían ranas y que en la cabeza le crecían tarros. Eso me dio tremenda gracia. Empecé a reírme y me sacó de allí por un brazo diciéndome comemierda.

Al día siguiente Amanda me dijo que lo nuestro había terminado. Le expliqué que me había emborrachado y que la quería tanto que me había dado por ir a verla. Amanda no era romántica ni cosa por el estilo. Lo de ella era disfrutar el momento y punto, así que no hizo caso de lo que le dije, y me repitió que no volviera más a su casa. Pero días después volvimos a estar.

A Amanda le gustaban las cosas caras, y yo le regalaba buenos perfumes y le daba dinero. La habían criado como una burguesita. La madre era idéntica. No se llevaba con nadie en el barrio. Trabajaba en no sé qué ministerio donde ocupaba un cargo importante. El padre viajaba mucho y tenía carro. Y los dos eran comunistas, o se las daban de eso.

Cerca de la casa de Amanda vivía la Curiela. Le decían así porque tenía ocho hijos. De pronto el marido se fue del país con una querida en una lancha y se quedó sola con aquella pandilla de muchachos. Pasaban hambre y todos usaban la misma ropa y estaban churriosos.

De vez en cuando Cecilia, una de sus hijas, me llevaba a la casa un papelito de la Curiela con una jugada de quilos. Tenía hasta mala suerte para el juego.

Un día de esos que Cecilia me llevó una jugada, así sin más me dijo que estaba conmigo si yo le daba veinte pesos. Me le quedé mirando. Era rubia de ojos verdes. Vestía una blusita blanca pasadita que parecía un trapito en la que se le marcaban las téticas.

Le dije, haciéndome el bueno, que yo no podía estar con ella por dinero, y me respondió que no importaba, que ya ella lo había hecho.

—¿Por dinero? —le pregunté. Me respondió que sí con la cabeza, y me dijo que su mamá lo sabía.

—Pero yo no voy a estar contigo por dinero —le dije—. Yo primero te regalo dinero y después lo hago contigo, si quieres.

Me dijo que sí con la cabeza, me extendió el brazo con la mano abierta y le di cien pesos.

—Cuando mi mamá me manda a verte con los papelitos de la jugada, me dice que si tú quieres estar conmigo que lo haga —me dijo.

No, no tuve remordimientos. Ella estuvo conmigo por necesidad, pero yo con ella por deseos.

Como la Curiela vivía cerca de Amanda y yo estaba con su hija Cecilia, tenía que cuidarme; porque Amanda sentía asco por la Curiela y su parentela, y la verdad que eran unos andrajosos.

5

Hacía tiempo yo venía pensando hacerle una buena a Lucrecio. Me enteré que a su hermana la habían ingresado, y cuando lo vi salir de su casa sin la agenda debajo del brazo, y no hizo más que doblar la esquina, crucé la cerca de madera de su patio, y entré a su casa por la ventana del baño que había dejado abierta. Las camas sin tender, ropas sucias echadas arriba de los muebles, la mesa de la sala llena de cosas, el fregadero con platos sin lavar… Eran unos puercos. Por fin encontré lo que buscaba: la agenda.

La agenda de Lucrecio era famosa en el barrio. Los muchachos nos preguntábamos qué sería lo que escribía en ella. Entonces me la llevé para leerla en mi cuarto. Tenía un montón de teléfonos y direcciones, citas de reuniones y notas de las reuniones, y lo que iba a plantear en las reuniones, toda esa mierda que era su mundo. Yo buscaba cosas más importantes: nombres de vecinos que él estuviera controlando y opiniones sobre nosotros los muchachos…, chivaterías, pero no encontré nada de eso.

Después que me aburrí de leerla, pensé romperla y echarla en la basura; pero me pareció que eso era poco para lo que Lucrecio merecía. Había que hacer algo con la agenda y que él se enterara para que se recomiera por dentro y supiera que, aunque él jodía a los demás, los demás también podían joderlo.

Mi idea fue ponerle la agenda meada y cagada en la puerta de su casa para cuando él llegara encontrara esa sorpresa. Cirilo y Cara Triste me dieron otra idea: quemar la agenda y después ponérsela en la puerta con un papel que dijera algo que a Lucrecio lo ofendiera.

Reunimos a un grupito de muchachos y nos fuimos al arenal, en lo último del barrio. Hicimos una tonga de leñas, pusimos la agenda arriba de ella, le echamos alcohol, las prendimos y empezamos a dar vueltas alrededor cantando un estribillo que decía: «*Lucrecio, maricón, con agenda y sin agenda eres un perro chivatón, chivatón ton ton...*».

Nos divertimos mucho.

Después el problema fue quién pondría las cenizas de la agenda en la puerta de su casa. El único que se decidió fue Cara triste; pero como Cara triste era medio sonso y yo no tenía confianza en él de que no hablara si lo cogían (porque era un poco flojo; a veces, cuando se ponía bravo con nosotros, nos sacaba trapitos sucios), dije que lo haría yo.

Por la madrugada puse las cenizas de la agenda en la puerta de la casa de Lucrecio con un papel, con la letra un poco cambiada, que decía: «*Lucrecio, chiva, te vamos a cortar la lengua. Firma: el pueblo*».

Al día siguiente aquello fue noticia en todo el barrio. Lucrecio le pidió a la presidenta del Comité una reunión que se hizo esa misma noche, a la que fueron un viejo auxiliar de la policía y un miembro del municipio de los C.D.R.

La reunión se hizo en el portal de la casa de la presidenta, donde se daban todas las reuniones del C.D.R. Yo estaba en la calle con varios muchachos haciéndonos como que jugábamos a los cogidos para oír lo que se decía.

Lucrecio dijo que eso no iba a quedarse así, que ya el caso se había denunciado y tenían varios sospechosos. Que más grande que el mal que le habían hecho a él, habían ofendido a la Revolución por lo que él representaba como cuadro dirigente de los C.D.R.

Después habló el policía, un viejo cojo que siempre andaba dando vueltas por el barrio vestido de policía con dos perros satos que le iban detrás. Y después habló el tipo del municipio y dijo que se tenían sospechas de quién había sido, pero que estaban haciendo investigaciones porque el caso tenía una no sé qué político, ajá, trascendencia política o algo de eso.

La calle se puso caliente. Del tiro la negra Aurelia metió un toque de santo a Elegguá al que invitó a todos los muchachos. Los vecinos que andaban en negocios estuvieron quietos en base. Y así cada cual se recogió al buen vivir hasta que pasara el mal tiempo.

Lucrecio tenía que estar cagándose en la madre de quien le había quemado la agenda. La gente decía que se la habían hecho buena; pero como él era quien era, cuando lo veían en la calle lo saludaban con respeto: la doble cara.

La vida siguió su curso, porque era así: de pronto se formaba, se armaba tremendo royo y después la vida volvía a su curso.

Yo sentí que había vengado a mi madre. Y ella, que me conocía mejor que nadie, me preguntó:

—¿Tú no habrás tenido que ver en eso?

—¿Yooo…? —le dije—. No. Con ese tipo pocas y buenas.

Parece que con el lio ese de la agenda se me olvidó pasar a la lista de la lotería un parlé con veinte pesos que salió premiado, y tenía que pagar ¡dieciocho mil pesos…, de madre! El cielo se me pegó a la tierra.

6

El parlé que se me olvidó pasar a la lista de la lotería era del carnicero del barrio. Le di doce mil pesos que tenía guardados y le quedé debiendo seis mil. El carnicero me dio de plazo hasta una semana para pagarle el resto, y yo no tenía nada que vender. Le pedí a Ortelio, que era el banquero, que me prestara el dinero, que yo se lo pagaría con lo que fuera ganando en las recogidas. Me dijo que él no podía prestármelos, que había tenido muchos gastos en los últimos meses. Me quedé muerto con esa respuesta. ¿Así que yo era uno de sus listeros y no me ayudaba? Qué clase de hijoeputa.

Cirilo me prestó dos mil pesos. Se los llevé al carnicero y me dijo que tenía que darle el dinero completo.

—Son seis mil —me dijo—, y te quedan dos días. Si no me los das, se lo digo a tus padres para que me los paguen.

Un carnicero que se buscaba una bola de pesos vendiendo carne ilegalmente, y que si algo tenía era dinero… no podía darme facilidad de pago. De madre.

Cirilo podía prestarme el dinero que necesitaba para pagar la deuda, y con el cuento de que había prestado mucho al garrote, solo me dio dos mil. Ahí es donde tú aprendes que la gente no es lo que aparenta. Como decía mi madre: «una cosa es con guitarra y otra con violín». Y otra de esas frasecitas de las tantas que ella siempre andaba diciendo, que cuando Tin tiene, Tin vale, cuando no, ni timbales.

Cuando el mal es de cagar, no sirven ni las guayabas verdes, porque hasta Amanda me dijo que no quería más nada conmigo. Unos días después Cecilia, la hija de la Curiela, también me dijo que no quería más nada conmigo. Y hasta la cochina de la Curiela empezó a hacerse la importante, porque cuando le comenté que Cecilia ya no quería estar conmigo (porque la verdad que la chiquita me gustaba), ¿tú sabes lo que me dijo?:

—Cecilia quiere estabilizarse. No puede seguir llevando la vida que llevaba.

Y la cosa era que se estaba acostando con un marinero mercante, un tipo casado que vivía en la calzada.

El dinero va y viene. Yo lo derrochaba, le prestaba a la gente sin un centavo de interés. Y ahora que me hacía falta para arreglar un problema, todos me daban *curva*, como si fuera la peste. Hasta la Curiela. Yo seguía yendo a su casa para recogerle terminales y no me dejaba pasar, me atendía en la puerta.

Le llevé al carnicero los dos mil pesos que Cirilo me había prestado, más otros mil que había ganado en esos días recogiendo para la lotería.

—Son seis mil —me dijo—. Mañana antes de las seis de la tarde quiero los otros tres mil. Fíjate: mañana. Mañana es mañana, no pasado mañana. ¿Estás claro?

A mí me enciende que me traten así. Yo no le tengo miedo a nada ni a nadie. Bueno, al majá. Tengo un trauma con el majá. Cuando el carnicero me dijo aquello sentí deseos de meterle un piñazo y romperle un diente. Pero si se formaba una candela, la policía iba a enterarse que nos habíamos fajado por el dinero de un premio de la lotería, y eso eran como cinco años de cárcel.

Así que me fui como el perro con el rabo entre las patas. A veces perdiendo se gana, y no hay nada mejor que un día detrás de otro. La vida es un cachumbambé: unas veces estás arriba y otras abajo. Me había tocado estar abajo. Tenía que esperar a estar arriba. Y yo sabía estar abajo. Tengo paciencia. Sé esperar porque soy frío.

Después de pensarlo mucho se lo dije a mi padre. Me echó tremenda descarga, pero me resolvió el resto del dinero. Se lo pidió prestado al padre de Manuel, y fui y se lo di al maricón del carnicero. Le dije, después que los contó:

—Marineros somos y en la mar andamos —que era otra de las frasecitas de mi madre. Y me fui a ver a Ortelio para decirle que me quitaba del negocio de la lotería. Fue tan hijoeputa que me dijo:

—Te vas de la recogida porque quieres.

—No, me voy porque ni tú ni nadie sirven —le dije.

Me quedé sin dinero, sin Amanda ni Cecilia, sin negocio ni amigos. Y como si esto fuera poco, me botaron de la secundaria, porque en horas de clases me bañé en calzoncillos en el espigón del puerto, donde estaba anclado un barco griego. Unos griegos en la proa se divertían conmigo tirando monedas al agua para que yo las buceara. Y en eso llegó la policía y me llevaron para la escuela. La directora tocó el timbre para que todos los alumnos salieran al área de formación. Me llevó ante ellos. Y, por supuesto, volvió a repetir que los mártires de la Revolución habían dado sus vidas para que tuviéramos escuelas gratuitas, lápices y libretas, y que mira como yo les pagaba.

Yo estaba, ¿cómo decirte…?, ajá, resentido; ¿será resentido la palabra? Bueno, eso mismo, muy decepcionado con la gente, y volví a acercarme a Manuel que era un chamaco de buena familia, tranquilo, el filósofo, como le decían en el barrio, pero a mí me cuadraban sus descargas.

El papá de Manuel era un hombre preparado, como el viejo mío, y a los dos les daba hasta tarde hablando en el portal; mientras Manuel y yo nos poníamos a hablar en su cuarto. Los juguetes de Manuel, por años que tuvieran, estaban como nuevos; tenía libros con paisajes y animales y eso, y un montón de soldaditos y una colección de sellos de correos y de mariposas. Manuel me enseñaba las láminas, y aunque yo no entendía mucho, me entretenía oírle descargar de todo eso.

De todo eso lo más que me interesaba eran las mariposas. Manuel las había cazado en las fincas del barrio. Se iba solo por ahí con una cosa que parecía un colador grande, las iba siguiendo con eso en la mano hasta que las cogía y después las disecaba y las guardaba en un libro con hojas de nailon. Tenía un montón. A veces le decía que algunas se repetían, pero él, con una cosa de esas que tiene un cristal, ajá, una lupa, me enseñaba las diferencias entre ellas.

Manuel era un filtro, y para ser un filtro y ganar concursos en la escuela no era pesado, porque casi toda esa gente que saben mucho se cree cosas y miran a los otros por arriba de los hombros.

Era un chama bonitillo y fino. Un día que un grupo de muchachos estábamos hablando en la esquina, uno de los más grandes dijo como de jodedera que yo me lo llevaba de *pesquería para jamármelo*. Eso me acomplejó, y cuando Manuel me preguntó por qué ya yo no lo invitaba para pescar, le hice el cuento y me dijo:

—¿Y tú le haces caso a esta gente?

Era un chama así. No le importaba el qué dirán. Un día le pregunté por qué no tenía novia.

—No me interesa por ahora —me dijo.

—¿No te interesa por ahora o no te interesa? ¿Cómo es la cosa?

—No me interesa por ahora.

—¿Y has estado con alguna?

—Con una, un día, en una escuela al campo.

—Tienes que dejar un poco los libros y ponerte para otras cosas. Te voy a conseguir una *jeva* para que aprendas lo que te falta.

Al principio del verano me llegó una citación del comité militar para hacerme el chequeo médico. Me declararon apto para el servicio. Como me quedaba poco tiempo de libertad en la calle, me dio por ir todos los días a la playa.

En la playa el Mégano nos encontrábamos un montón de socios de la secundaria. Nos pasábamos todo el día hasta casi la noche jugando en el agua al pan duro o al voleibol en la arena. A veces Manuel se enganchaba conmigo, pero como a él no le gustaba el Mégano porque era la playa donde se encontraban los reglanos y le aburría ver gente conocida, nos íbamos a Boca Ciega.

Boca Ciega era una playa a la que no iba mucha gente. Había un puente de madera sobre un río y matas de uvas caletas. La soledad que había allí se prestaba para que los maricones fueran a hacer sus cosas.

En Boca ciega conocimos a dos mejicanas que estaban hospedadas en el hotel Itabo. Nos llevaban como diez años. Eran peluqueras. Una se llamaba Alicia y la otra Mercedes. Nos invitaron a almorzar en el restaurante del Atlántico. Querían que esa noche nos quedáramos con ellas en la habitación del hotel, pero les expliqué que eso en Cuba era imposible porque no permitían acompañantes cubanos. Ellas no entendían esas restricciones; les dije que yo tampoco, pero era y tenía que ser así.

Yo tenía un socio que alquilaba un apartamento en Guanabo. Lo llamé y le hablé de las mejicanas. Me dijo que no había problemas.

Manuel no quería ir a Guanabo. Me encabroné y le dije que a mí no me gustaba Boca Ciega y que si iba a esa playa era por él.

Alicia estaba cogía conmigo y Mercedes con Manuel. Se lo quería llevar para México. La otra no decía nada de llevarme. Alicia estaba casada y Mercedes no. En el apartamento intenté que cambiáramos de pareja para que a quien llevaran para México fuera a mí; pero Mercedes dijo que con quien ella quería estar era con el mongo de Manuel. No, claro que no le dijo mongo; lo de mongo lo digo yo.

La cosa fue que después que comimos, cada cual se fue con su pareja a la habitación, y al rato Mercedes toca la puerta del cuarto donde yo estaba con Alicia y la llamó para afuera. Alicia me dijo que Mercedes le había dicho que Manuel se quería ir. Yo estaba a punto de metérsela a Alicia. Hasta habíamos hablado de la posibilidad de que ella pudiera invitarme a México, cuando la otra se aparece con aquella noticia. Les dije que me dejaran eso a mí, que yo entendía a Manuel. Y fui al cuarto donde estaba él ya vestido y le dije:

—¿Qué coño es lo que te pasa?

Pero no me respondió. Seguía mirándome y mirándome como un idiota y lo dejé allí.

Cuando entré al cuarto, las mexicanas estaban conversando seriamente en la cama. Ya se habían enfriado. Les dije que Manuel no tenía experiencias con mujeres y se había puesto nervioso. Ninguna contestó, y ahí mismo se jodió todo.

Ese día, al llegar al barrio, me enteré en la esquina que a Cirilo se lo habían llevado preso por la bolita y a mi mamá para el hospital.

El viejo me explicó que a la vieja le bajó el azúcar y la habían ingresado en la sala de observación del Calixto García, y después que la inyectaron, formó un bateo y abandonó el hospital.

—Está perdida —me dijo el viejo—. Ya no sé qué voy a hacer con ella. Han cambiado a una mujer y puesto a otra.

Yo apenas veía a la vieja. Ella en su mundo y yo en el mío. Casi siempre estaba en casa de Candita, y cuando no, sentada en el quicio del portal de la bodega vendiendo tubos de pasta y maquinitas de afeitar para buscarse el dinero para beber. Le dije al viejo que iba a conversar con

44

ella y fui a su cuarto. Estaba recostada al respaldar de la cama mirando una revista. Tenía el pelo revuelto, la cara desencajada.

—¿Qué tú haces aquí? —me dijo con un tono que de lo que me dieron deseos fue de salir por donde acababa de entrar. Le dije que había ido a verla para saber cómo estaba.

—¿Ahora? —me dijo.

—Ahora, claro —le dije.

A mí me cuesta tener ese tipo de conversaciones que para mí son como sentimentales y complicadas. No sirvo para dar consejos ni estar hablando de las cosas de la vida. Pero no había ido a verla por gusto. Algo tenía que decirle.

—No puedes seguir así. Te estás matando con la bebida. Tienes que ingresar para que te pongan un tratamiento —le fui diciendo, pero ella seguía pasando las páginas de la revista.

—Después que se fue Mario, a mí me da lo mismo vivir que morirme —me dijo.

—¿Y yo? ¿Y el viejo?

—¿Ustedes? Ustedes viven lo suyo.

Le dije que estaba acabando con su vida, y que si Mario la veía no le iba a gustar que llevara esa mala vida. Salí y cerré la puerta, y gritó:

—¡Yo lo que quiero es morirme, coño, morirme así, déjenme tranquila!

7

Cuando el mal es de cagar, no valen las guayabas verdes. La Curiela me mandó a buscar con uno de sus hijos. Me dijo que su mamá quería hablar conmigo urgentemente.

—Cecilia está preñada —me dijo la Curiela.

—¿Y qué? —le respondí.

—Que eres el padre.

—¿Sí? ¿Cómo lo sabes?

—Por la cuenta.

—Pues lo que debe tener mío será una oreja, porque lo demás es del montón de gente con la que ella se acuesta —le dije.

—Ella dice que es tuyo.

—Ella puede decir lo que quiera —le dije. Y me amenazó con que me iba a echar pa'lante con la policía. Yo le respondí:

—Y yo le voy a decir a la policía que tú la mandas a singar por dinero.

Le di la espalda y me fui. ¡Echarme a mí ese muerto! Ni que yo fuera comemierda.

La suerte fue que unas semanas después les llegó la salida del país a los curieles, porque estaba casi seguro de que ese fiñe era mío.

El día que se fueron se pasearon por las calles del barrio en dos carros porque no cabían en uno. Fue la única vez que se les vio limpios y bien vestidos. Todos gritaban diciendo adiós como si fueran para una fiesta. La gente se preguntaba qué iban a hacer esos churriosos en Estados Unidos.

A veces uno dejaba de ver a algún vecino o compañero de escuela. Luego te enterabas que se habían ido del país. Yo no entendía bien. Si se hablaba tan mal de los americanos y se decía que nos iban a invadir, ¿por qué tanta gente quería vivir allá?

De fiñe eso fue… ¿cómo decir?, ajá, una obsesión constante. Nos lo decían en el colegio y por la televisión, que los americanos eran muy malos, como mismo los padres les metían miedo a los niños con el coco. En la escuela primaria cantábamos una canción que decía: «*Ese monstruo sin piedad que es la guerra imperialista, ha matado a muchos niños y hoy nos vuelve a amenazar…*».

Fíjate hasta donde llegó esa matraquilla que me dormía con la preocupación de que tal vez esa noche los americanos vendrían a invadirnos.

Un día los americanos cogieron presos a unos pescadores cubanos y se formó la de San Quintín. Movilizaron al pueblo para que se manifestara por el Malecón, y yo le dije al viejo que ahora sí que iba a haber guerra. Mario y yo nos encerramos en el baño para escondernos de los americanos. Mario se imaginaba las cosas con facilidad, y abrió el botiquín del baño y me enseñó un pomo de mercuro cromo y me dijo:

—Cuando los americanos lleguen a la casa y toquen la puerta con las ametralladoras, nos echamos mercuro por arriba de la ropa para que crean que esto es sangre y que ya nos mataron y se vayan.

Yo le decía a Mario que lo mejor era escondernos dentro del tanque del agua que había en la azotea del edificio. Pero él, de lo más asustado, me decía que no, que una de las cosas que primero registraban los soldados eran los tanques; y seguía con que lo mejor era echarnos por arriba de la ropa el mercuro cromo.

El tema ese de la invasión de los americanos movilizaba a la gente para ponerlas a marchar. Casi todas las tardes, por las calles del barrio, pasaba marchando un pelotón de milicianos formado por vecinos. En primera fila iba la madre de Cara triste, con su pantalón verde olivo bien apretado. También estaba Lucrecio y el cojo auxiliar de la policía. En total eran como veinte personas. Los muchachos nos sentábamos en la acera para verlos. Iban y venían marchando de una esquina a la otra de la calle. Al final del pelotón iba Luis el loco sin zapatos ni camisa y con un palo de escoba echado en el hombro como si llevara un fusil.

El jefe del pelotón, para marcar el paso, decía: «*Uno, dos, tres, cuatro*», y Luis el loco decía allá atrás: «*comiendo mierda y rompiendo zapatos*». Se lo llevaban para Mazorra. Pero a los días lo soltaban porque era un loco pacífico y gracioso. Cuando se ponía en crisis lo peor que hacía era sacarse la pinga en la calle para enseñársela a la gente que iba en las guaguas.

Entonces, después de toda esa candanga con los americanos, uno se enteraba que familias completas se iban para Estados Unidos, y no regresaban. Hasta esos mismos churriosos, que ninguno trabajaba ni estudiaba, se habían ido. Y yo me preguntaba: ¿por qué se van si allá son malos?

Había algo en esa historia sobre los americanos que no me encajaba; pero nunca me importó la política. Desde que a mí me interesaron el dinero y las mujeres, que fue bastante temprano, lo demás me resbalaba.

El abuelo de Miguelito jeringuilla, que se llamaba Luis, un viejo que se parecía a Don Quijote de lo alto y flaco que era, decía que eso de que los americanos nos iban a invadir era para que le cogiéramos odio y tenernos pensando en eso.

Un día que Lucrecio y Luis hacían una cola en la bodega, discutieron porque Luis dijo que las calles estaban rotas y no las arreglaban; pero que las calles por donde pasaban los dirigentes con sus carros sí estaban buenas.

Lucrecio lo mandó a callar, pero Luis, que no se le callaba a nadie, le dijo que él hablaba lo que le diera la gana. Lucrecio le respondió que él podía pensar como quería, pero no podía manifestarlo. Siguieron discutiendo hasta que Luis le fue para arriba y se fajaron. Entonces dio la casualidad que pasó un carro patrullero y se llevaron a Luis para la estación de policía. Lo soltaron por la tarde.

Jeringuilla le cogió tremendo odio a Lucrecio por la discusión que había tenido con el abuelo. Fue a mi casa para decirme que había que hacerle algo al chivatón de Lucrecio. Lucrecio había conseguido otra agenda, y Jeringuilla me preguntó si no podíamos volver a robársela y quemársela. Yo le dije que había que hacerle otra cosa, porque después que le habíamos quemado la agenda, seguro que él dormía con la nueva debajo de la almohada y nunca la dejaba en la casa, sino que siempre salía con ella.

—Entonces vamos a tirarle huevos —me dijo Jeringuilla, pero pasaron las semanas y no lo hicimos.

Un día caí en la cuenta de que el barrio no era el mismo, las calles me parecieron más chiquitas. Demolieron la posada y construyeron un cabaret donde los fines de semana había broncas y puñaladas. El arenal, donde jugábamos pelota, lo convirtieron en un parqueo de rastras de petróleo. Secaron la cañada. Los trenes no volvieron a pasar por la línea que había al final del barrio, y los rieles se oxidaron. Un día llegaron unos camiones con gente y empezaron a rebajar la loma blanca para llevarse las piedras. En las fincas comenzaron a construir edificios. En las áreas sin cultivar la gente improvisó viviendas ilegalmente. Las calles del barrio se rompían. Las paredes de los edificios se manchaban de humedad y no se pintaban.

Los vecinos se hacían más viejos. Unos se mudaban, otros se iban del país o morían.

El barrio ya no era el mismo, ni los muchachos tampoco. Manuel, Eddy Corbata, Armandito Cilindro, Miguelito Jeringuilla, Fernando el Gallego, Tomás siete muecas, Pedrito el nieto del Chicharronero, Leandro cara de crimen, Ignacito varilla, Laureanito el ronco, Marinito sonrisas, El Chino, el Pipi, sus hermanos Coqui y Omarito, Emilio el Gordo, Pachi y Danielito, Fermincito, Trucutuerca, el chino Lay que siempre fumaba cabos con una boquilla…, habíamos dejado de ser los que fuimos para ser otros, y cada cual empezó a coger su camino.

Murió Valentín cuando apenas tenía quince años, un muchacho flaquito con cara de ángel, que no podía correr como nosotros cuando jugábamos en el barrio porque le faltaba el aire y tenía que sentarse en la acera cianótico. Padecía de una enfermedad del corazón que no tenía cura. Yo lo miraba muerto pensando: Tantos hijos de putas que viven hasta noventa y cien años…

Yo no sé si soy un tipo sin alma, o ajá, un desalmado; pero qué poco seria me parece la vida. No es lo que nadie espera.

Si hubo un tiempo bueno fue, hasta los doce o trece años. Estoy repitiendo lo que un día le oí decir a mi abuelo El Patriarca.

8

Llegué al comité militar con una jaba de nailon debajo del brazo en la que llevaba un calzoncillo, un par de media y el cepillo de dientes. Había un montón de muchachos con sus padres frente al Comité Militar. Saludé a algunos que conocía y me senté debajo de una mata de almendras.

Al rato salió un oficial con una lista. Según iba llamando, los reclutas montaban en un camión. Yo fui uno de los últimos. El camión que me tocó iba para La cabaña.

Llegamos como a las diez de la mañana, y la primera orden que nos dieron, antes de que nos entregaran la ropa y la cama, fue que debíamos ir a la barbería para pelarnos. Nos sentamos en el portal de la barbería, y cada vez que uno salía pelado casi al coco, nos reíamos de él.

En un almacén nos dieron la ropa de campaña, un par de botas, un cinto, dos calzoncillos, dos pares de medias y una gorra. Luego nos llevaron al albergue.

El albergue era largo y ancho, con varias ventanas y puertas a los lados. Las camas pequeñas, con un colchón duro y una taquilla entre dos camas para cuatro soldados, porque es lo que éramos ahora: soldados.

Casi no nos dieron tiempo para poner las pertenencias en la taquilla porque sonó un silbato para salir a formar. Era agosto y había un sol del carajo. Estuvimos esperando como veinte minutos, hasta que llegó un oficial negro, alto, con unas manos muy largas que se paró frente a nosotros y se presentó como el jefe.

Echó un discurso en el que dijo que a partir de ahora ya no éramos civiles sino militares, y que nos debíamos a un reglamento y a la patria. Que la previa serían cuarenta y cinco días, con derecho a visitas los domingos. Que todas las actividades que se nos orientaran había que hacerlas con el pelotón al que pertenecíamos, y que cada pelotón tenía su jefe y su segundo al mando. Nadie podía ausentarse del albergue sin permiso ni de las áreas donde se hacían las actividades, y mucho menos de la unidad militar.

Bajo el sol, aquel hombre habla que te habla y la gente loca por ir al comedor para almorzar. Todo lo que dijo fue que, si no se podía hacer esto, que si no se podía hacer esto otro, como si fuera un presidio.

El comedor era grande, con unas mesas largas de granito. Uno cogía la bandeja, la ponía en la mesa y tenía que quedarse de pie hasta que se ocupara completa, y cuando sonara un silbato, podíamos sentarnos. El almuerzo se me quedó en una muela. La suerte fue que había un flaco, yo creo que un poco flojo, que estaba triste y no quería comer y me dio su almuerzo.

Todo era así, a sus horas, con silbatos y hacer las cosas apurados. No se podía llegar tarde a la formación, y cada vez que íbamos a movernos, tenía que ser con el pelotón y marchando o a paso de camino. Los momentos de descanso eran de una a dos de la tarde, después del almuerzo; de cinco a seis, para bañarnos y prepararnos para ir a comer. Luego oír una clase de reglamento militar hasta las nueve de la noche, y a las diez menos cuarto había una inspección, y después horizontal en la cama para dormir. Caímos en la cama muertos de cansancio.

Esa era la vida que me esperaba en tres años, y cada vez que pensaba en eso, creía que no los iba a aguantar. Tres años dentro de una unidad militar haciendo guardias, y cuando no tocaba guardia, hacer lo que los oficiales te mandaran: chapear, pintar, recoger la basura de los exteriores, limpiar los fusiles, oír clases de política o del reglamento militar. O sencillamente, esperar a que nos pusieran en alguna actividad; y así se te iba la mañana y la tarde, en lugar de darnos pase para la casa cuando no teníamos nada que hacer.

Las primeras semanas marchábamos por la mañana, por la tarde y algunas noches por las calles de la unidad. Había que aprender todo tipo de paso: paso corto, paso largo, paso de pase de revista, qué sé yo cuántos pasos; y a girar a la derecha, a la izquierda, pararte en firme, dar trotes… Aquello era tremendo. Y el que no lo aprendiera se quedaba en un grupo para repetirlo.

Las botas me hicieron ampollas en los pies y bajé diez libras, porque aparte de las marchas, que eran cuatro y cinco horas al día, el uniforme verde olivo tenía mangas largas y hacía tremendo calor, y sudaba como un buey.

Además de las marchas nos daban clases de táctica militar, logística y no recuerdo qué otras cosas. Tres veces a la semana nos llevaban en camiones a un campo de tiro para aprender a tirar con los fusiles AK-M.

Tremenda mecha. No había tiempo ni para rascarse un ojo. Llegábamos al albergue con un hambre de tres pares de cojones, porque no nos daban merienda, solo llevaban agua para las prácticas.

El jefe de pelotón era un teniente que, aparte de hablar con el cantadito de los orientales, no sabía leer bien. Cuando nos leía partes del reglamento militar, se equivocaba bastante, y para corregirse decía: posición anterior, y volvía a repetir el párrafo. Nosotros nos reíamos disimuladamente.

Hasta que no pasaron unos días, no supe que la unidad militar donde estábamos era una escuela de cadetes. Tenía un polígono, cátedras militares, una biblioteca y un cine que también funcionaba como teatro…, ah y una posta médica. Las calles eran largas, con matas de almendras a los lados.

Los primeros quince días fueron de marchas y marchas, pero después, por las noches, creo que dos veces por semana, podíamos ir al cine a ver la película que ponían, casi todas rusas y de guerra. Había un televisor en una salita al lado de la entrada del albergue, y si uno no quería ver televisión, podía sentarse a conversar afuera donde había unos bancos bajo las matas de almendras.

El primer domingo de visitas mi padre fue a verme muy temprano. Me llevó algo de comida, unos platanitos y un libro que yo no sabía para qué lo había llevado porque yo no leía. Me dijo:

—Lee este libro para que te entretengas. Está de lo más interesante.

Nos sentamos bajo una mata. Me contó que la vieja seguía con sus borracheras, y que le dijo que uno de esos domingos iba a ir a verme, pero no fue ninguno y la verdad que yo no quería que fuera.

A las once de la mañana el jefe se reunió con los padres. Habló maravillas. Hasta dijo que tal vez algunos de nosotros íbamos a terminar siendo cadetes. Qué gracioso.

El viejo se fue antes del mediodía. Regresé al albergue para acostarme. El dormitorio estaba vacío porque todo el mundo tenía visitas, sus padres, familiares y novias que se quedaban con los reclutas hasta las cinco de la tarde. Como casi nadie fue a almorzar al comedor, me despacharon bastante comida. Después, como estaba aburrido, me puse a caminar por La Cabaña. Me senté bajo un árbol, y al rato un recluta me dijo que alguien que había ido a verme me estaba esperando en el portal del cine.

Era Manuel. Me sorprendió porque después de lo que nos había pasado en Guanabo con las mexicanas, me había puesto muy bravo con él y no quería verlo ni en pintura. Pero Manuel era así. Se apareció allí por sus cojones, y cuando lo vi, la verdad que me sentí más contento que con deseos de mandarlo pal'carajo.

—¿Y eso tú por aquí? —le dije.

Me llevó un bocadito de jamón, unos mangos grandes, anones que él sabía que me gustan y un pozuelo con arroz amarillo con pollo que su mama me mandó. Me dijo que sabía que el viejo mío había ido a verme por la mañana, pero él no pudo acompañarlo porque tuvo que ayudar al viejo suyo a poner unas tejas en el techo de la casa. Le dije que por qué se había molestado, y me respondió:

—Ah, deja el descaro que estabas loco por verme.

Le conté el meche de las marchas, las clases de tiro bajo el sol, el hambre que pasaba porque no me llenaba con lo que daban de comida, y que el jefe de mi pelotón no sabía leer muy bien. Manuel me habló un poco de las cosas del barrio. Le pregunté como le iba la vida, y me dijo que tenía una novia. La muchacha estudiaba música, no sé qué instrumento.

Nos pusimos a caminar, y como él sabía de todo, empezó a contarme como habían hecho La cabaña. Yo no atendía muy bien a lo que me estaba diciendo, pero la verdad que su visita me había sacado del aburrimiento; y cuando se fue y le dije adiós en la puerta de la unidad, me dio sentimiento.

9

Terminamos la previa a finales de septiembre. A la mayoría de los reclutas los trasladaron a otras unidades militares. A mí me dejaron en La cabaña, en la Compañía de seguridad para hacer guardias.

Me dieron cinco días de pase. Eran tres, pero como me había destacado en las clases de tiro, me dieron dos más. Después de tanto tiempo sin ver la calle, cuando salí de la unidad sentí una cosa así tremenda, ajá, una sensación de libertad, como la que debe sentir el preso cuando sale de la cárcel.

Al llegar a la casa encontré a la vieja borracha. Se estaba comiendo un huevo frito con pan, y cuando me vio llegar me preguntó por qué había ido a la escuela con ese uniforme. Yo tenía puesto el traje verde olivo de pase, así que ni se acordaba de que yo estaba en el servicio. Le di un beso y me dijo:

—Ah, este huevo quiere sal. ¿De cuándo acá tú me quieres tanto?

Seguí para el patio, subí la escalera que daba a la azotea. Rufino se puso muy contento cuando me vio. Movía el rabo y la cabeza y daba vueltas a mi alrededor. Me tiré en la cama, cansado. Estuve rato mirando al techo. No sabía lo que iba a hacer. Sin negocios ni dinero, y ahora tres años embarcado en el servicio. Tenía que quitarme esos tres años de arriba; no sabía cómo, pero me los tenía que quitar.

Pensando en eso me dormí. Desperté de noche. Bajé a la casa y vi al viejo. No sabía que yo había llegado. La vieja, en su borrachera, le había dicho que había soñado que yo entraba por la puerta, y al viejo no se le ocurrió que me habían dado pase.

—Se va a volver loca —me dijo.

Esa misma noche pasé varias veces frente a la casa de Amanda, pero no pude verla. Mes y medio sin mujer, así que era un semental.

Visité a varios socios. Todos me vieron flaco. Tuve que contarles la misma mierda del servicio. Después volví a la casa bastante cabrón porque no había visto a Amanda. No sé por qué tanto lío con ella si ya no estábamos, pero uno es así. Amanda era la mujer que más me gustaba, y a mí de vez en cuando me entraba la matraquilla de volver a acostarme con ella.

Por la mañana fui a ver a un socio que yo sabía que daba lo que no tenía por irse del país. Se llamaba Elpidio, un negrito que vivía del *business*. Un día me propuso irnos en una balsa de poliespuma y le dije que estaba loco. Ahora me daba lo mismo irme en una balsa que en una tabla con tal de quitarme el servicio de arriba.

Cuando me vio, me dijo que estaba perdido de su casa. No sabía que yo pasaba el servicio. Le conté que para no pasarlo quería irme del país. Me llevó para su patio que era un terreno grande con matas de plátanos. Al final había un cuartón de madera y me enseñó lo que él y dos socios estaban haciendo para irse. Era una balsa con motor. Me dio una explicación de cómo funcionaba aquella cosa, y me dijo que para el mes que viene se tiraban.

—Me voy con ustedes —le dije.

—Hay que ver si esto aguanta cuatro personas. Creo que sí, pero hay que asegurarse.

El penúltimo día del pase me senté en la esquina y vi pasar a Amanda que venía de la escuela. Traté de hablar con ella. Me dijo que la dejara tranquila, que lo de nosotros era agua pasada y que tenía novio. Yo le dije que eso no me importaba para estar con ella.

—Pero a mí sí —me dijo—, y se acabó tu persecución que tengo que llegar a mi casa.

La cogí por el brazo para darle un beso y me dio una galleta.

—¡¿Ah, sí?! —le dije, y se dejó dar el beso; pero en eso me dio un empujón que me sentó de nalgas en la calle y se fue corriendo. Yo me quedé mirándola como un guanajo porque me había dejado en esa. Pero entonces la muy puta, antes de doblar la esquina, se viró y me dijo que la llamara mañana después de la una de la tarde. Y la llamé. Hicimos el mismo procedimiento de siempre. Me esperó en el portal y subimos a su cuarto.

Mira que yo he estado con mujeres, pero Amanda era Amanda. Estuvimos toda la tarde. Le pregunté quién era su novio, y me dijo que un muchacho que estaba estudiando para trabajar en embajadas, ajá, para ser diplomático. Picaba alto como la madre, por eso nadie las podía ver en el barrio. Pero a mí eso no me importaba. Lo mío era estar con ella y yo sabía que a ella yo le gustaba mucho.

Se me acabaron los cinco días de vacaciones en un abrir y cerrar de ojos. El lunes entré a la unidad. Nos habían pasado a la compañía de seguridad, al lado del presidio, donde está la cortina con los cañones y puede verse el puerto y una parte de La Habana.

Los albergues de la compañía de seguridad fueron galeras para presos cuando los españoles, un lugar estrecho con el techo curvo, con dos hileras de literas a los lados. No tenía ventanas sino dos puertas en cada extremo que daban a una calle estrecha. Tres años. Cada vez que yo pensaba en esos tres años, me parecía que comenzaba a subir una gran montaña en la que nunca iba a llegar arriba. Tanto tiempo de la vida de uno en eso, sin poder buscarme un centavo ni ver la calle cuando quería sino cuando me dieran pase.

Eran tres pelotones: El pelotón uno era el de los reclutas que les faltaba un año para salir; el dos era el de los que le faltaban dos años y el tres el de nosotros.

En mi pelotón había treinta soldados. El jefe era un oficial que fue recluta, pero había jurado por cinco años, un tipo con quijada de lagarto y unos ojos como con sueño, que se veía que no tenía mucho carácter y que no era mala gente. Se llamaba Sebastián.

El jefe de la compañía era un mulato oriental, barrigón. Usaba unas gafas verdes que le daban aspecto de nazi. Ese sí era del carajo. No lo pensaba dos veces para meter preso a cualquier recluta.

Enseguida que llegué y me dieron la cama y la taquilla, le eché una ojeada al albergue. Había algunos que eran tremendos tipos, y de los que había que cuidarse.

Uno conoce al pájaro por la cagada, y yo siempre tuve calle. Eran cinco que siempre andaban juntos: tres negros grandes y dos blancos. Habían pasado la previa con nosotros, pero no eran del mismo pelotón que el mío. Ahora íbamos a vivir juntos allí tres años, y no me gustaban. Vivían un ambiente de presidio. Uno de ellos me había dicho en la previa que era carterista. Desde el principio quisieron hacerse los mandamás del albergue, y eso me daba mala espina, porque yo soy tranquilo, pero si me buscan, me encuentran.

El pelotón tenía que hacer guardia cada tres días. Hacíamos veinticuatro horas de guardia y descansábamos cuarenta y ocho; pero después de las guardias no nos daban pase, había que seguir en la unidad matando el tiempo. El pase tocaba una vez al mes, y si lo perdías por alguna corrección disciplinaria, te jodías.

No soporto el régimen militar. Si estás caminando y viene un oficial, tienes que saludarlo; y si no lo haces y el tipo se pone un poco pesado, te pueden meter una corrección y perder el pase. Si a los oficiales les ocurre dar una alarma de combate a las tres de la mañana, ahí va todo el mundo a correr para coger el fusil y montarse en un camión que te lleva para un monte. Todo en lo militar es como de a cojones.

La primera guardia me tocó en una posta que estaba muy cerca de la calle del frente de la unidad, por donde pasaban los carros por la carretera de la Monumental. Me puse a contar los carros que iban para el túnel y en eso me dormí, y dio la casualidad que cuando llegó el camión con el relevo, venía el oficial de guardia y me cogió dormido y me escondió el fusil. Después me despertó y me preguntó dónde estaba el fusil. Le dije que lo había puesto al lado mío. Me dijo que me lo habían robado. Yo pensé que me había buscado tremendo lío, porque por eso se iba preso. Luego el muy gracioso me enseñó el fusil, pero me metió una corrección y perdí el pase del mes.

Yo no era de hablar con la gente. Uno de los negros de Marianao que parece que me había calado, como yo a cada uno de los del grupo del que él era parte, me dijo que yo era el silencioso. Le respondí que de silencioso nada, que yo tenía mi nombre.

No quería hacer confianza con nadie. Hablaba lo que tenía que hablar, y el resto del tiempo la pasaba solo, caminando por ahí, porque La cabaña era muy grande. Pero siempre hay alguien que se pega, y me hice socio de un tipo que después de todo era un banquete. Se llamaba Silvio, muy nervioso, y más mentiroso que el carajo, pero refrescante.

Silvio era alto y flaco, con muchos pelos en las cejas y labios gordos. Había sido un trajín en la previa. Le echaban mierda en las botas, le escondían la camisa, le decían nombretes, y él como que lo tiraba todo a relajo, pero la verdad es que era tremendo pendejo. Cuando a uno lo buscan, la gente tiene que saber que lo encuentran. Si te dejas pasar la primera, te jodiste. Y eso fue lo que le pasó a Silvio, que desde que llegó a la previa, empezó a hacer cuentos y enseñarle los dientes a todo el mundo haciéndose el gracioso, y le cogieron la baja.

En la previa había un grupito que después que daban el silencio, se ponían a joder en el albergue. Y dos de ellos se acercaron a mi cama. Yo me hice el dormido. Cogieron las botas que estaban debajo de mi cama y se las llevaron para el baño. Probablemente iban a echarle mierda. Esperé que entraran al baño. Cuando llegué, se escondieron en las duchas. Entré al inodoro, cerré la puerta, y con tremenda calma, les dije meando que cuando yo terminara, no quería verlos allí, y que me pusieran las botas debajo de la cama, y que si las botas tenían algo, los iba a matar, y de que los mataba, los mataba, porque yo sí no comía miedo, me daba lo mismo un escándalo que un homenaje.

Remedio santo. En la previa no probaron más fuerza conmigo.

Cuando empezamos en la compañía de seguridad, Silvio siguió siendo trajinado. El que tuviera deseos de divertirse, lo iba a buscar a él. Creo que se acercó a mí buscando un poco de protección, porque yo no era guapo, pero me respetaban.

Ya yo había conversado algunas veces con Silvio y me caía bien, me hacía reír con sus cosas porque tenía su pase a tierra, pero era ocurrente. Yo le aconsejaba que no le enseñara los dientes a la gente, que cuando uno acaba de llegar a un lugar y habla y se ríe tanto con los demás, le pierden el respeto.

Silvio se las daba de bárbaro y en el fondo era un infeliz. Vivía con un viejito en Centro Habana; un viejito que cuando Silvio me llevó a su casa y lo conocí, me di cuenta que era pájaro, pero lo quería y lo cuidaba mucho, como si Silvio fuera su hijo. Silvio estaba esperando a que se muriera para tener derecho a seguir viviendo en la casa.

Su mamá había muerto cuando él tenía pocos años. Se quedó viviendo con una abuela y su padre se fue de Cuba en una lancha y nunca más se supo de él. Después la abuela lo botó de su casa porque lo acusó de haberle robado unas joyas que él me dijo que no cogió, pero por las cosas que me contó que había hecho en su vida, a mí me parece que se las robó para venderlas.

Se fue a vivir con unos amigos que llevaban una vida un poco loca, fumaban marihuana y hacían orgias. En eso conoció al viejito que vivía solo y se puso a vivir con él.

Un día, cuando ya teníamos más confianza, le dije que se estaba templando al viejo. Me dijo que el viejo era maricón pero que nunca le había exigido nada, solo que lo acompañara porque le habían robado en la casa varias veces, la policía no cogía a nadie y él tenía miedo a que un día lo mataran para robarle.

Silvio se hizo famoso desde el primer día que llegó a la unidad. Buscando llamar la atención, se puso a hacer cuentos que yo creía que eran mentiras, pero lo hacía tan cómico que a uno no le importaba que fueran *guayabas* de él, porque se pasaba un buen rato oyéndolo. Era como aquí en el presidio, que con tal de que a uno le pase el tiempo para no pensar que está preso, la gente se pone a hacer cuentos de cuando estaba allá afuera, porque los presos vivimos más en el pasado que con el presente.

El primer cuento de Silvio fue que tocó la alarma del ferry de Isla de Pinos.

Silvio estudiaba becado en una escuela de Isla de Pinos. Tenía una novia que era una guajirita que lo cogió pegándole un tarro y lo dejó. Silvio le pidió perdón, pero la muchacha no quería más cuento con él. Silvio le dijo que le iba a demostrar que la quería atreviéndose a tocar la alarma del ferry.

Yo no sé si la guajira era una jodedora o una idiota, tenía que ser una de las dos, y le dijo que se lo demostrara.

Silvio lo cuadró todo, y cuando ya tenía el plan, le dijo a la muchacha que se sentara en un parque que había cerca de donde estaba anclado el ferry para que oyera la alarma que él iba a tocar a las seis de la tarde. Después él tenía que ir al parque y ella darle un beso y restablecían las relaciones. Era como un cuento para niños.

Silvio tocó la alarma. Cuando fue al parque ella no estaba. Se encabronó y fue a verla a su casa, pero en el camino lo cogió la policía y estuvo un montón de días preso. Desde entonces le decían Alarma, Silvio Alarma.

¿Cómo tú vas a entrar nuevo a un lugar donde tienes que convivir con muchos hombres que no conoces haciendo ese cuento? Desde ese momento te cogen pa'l trajín. Y ese fue el estreno de Silvio en el servicio. Cuando no lo veían, la gente preguntaba: «¿Y dónde está Alarma?», y empezaron a trajinarlo.

Había otros ejemplares en el pelotón, como uno al que le decían el Chevy por la marca de carro argentina de los taxis, porque siempre andaba fugado y lo metían en el calabozo. Casi nadie le sabía el nombre. Para todo el mundo, era el Chevy. Qué manera de coger calabozo ese muchacho por las fugas, porque estaba casado y tenía un fiñe chiquito, y no le daban pase para ir a verlo.

Cuando al pelotón no le tocaba hacer guardia y no nos ordenaban actividades, la gente se perdía por ahí. A las dos de la tarde había un pase de lista, a las seis otro y el último a las diez, antes del silencio. El que no estuviera en esos pases, se buscaba un lío.

A mí me habían quitado el pase de tres días que me tocaba en octubre por la corrección que me puso el oficial que me cogió durmiendo en la guardia. No quería fugarme, pero era del carajo estar tanto tiempo encerrado en aquella fortaleza que olía a siglos, y cuando te asomabas al muro de La cabaña, y veías La Habana, te daban más ganas de irte. Entonces, un domingo que no había nada que hacer, me fugué al pueblecito de Casa Blanca.

Fugarse era de película. Por el polvorín había un hueco donde tirábamos un cable grueso que llegaba hasta la tierra. Eran como treinta metros de altura. Después que uno estaba abajo, tenía que atravesar un matorral con una pendiente y los perros de los vecinos empezaban a ladrar que aquello no tenía nombre.

Esa primera fuga la hice rapidito. En una cafetería de Casa Blanca me comí varios panes con croquetas, le di una vuelta al pueblo que era muy aburrido, me senté en un muro para ver el dique. Me dieron deseos de coger la lancha para ir a La Habana, pero regresé a la unidad a la hora del almuerzo.

Me fui acostumbrando a la vida de hacer guardias y de matar el tiempo cuando no había que hacerlas. Algunas veces nos ponían a limpiar los fusiles; otras a chapear por áreas de la unidad; otras a oír una clase de política o estudiar el reglamento militar, y otras no había nada que hacer y nos quedábamos en el albergue haciendo cuentos o nos poníamos a dar vueltas por la fortaleza.

Yo no andaba con nadie. Me sentaba en el muro de La Cabaña para ver La Habana y a los barcos que entraban o salían. Desde allí se veía bien El capitolio, el Habana libre y el Focsa, los carros y la gente por la avenida del puerto, y yo pensaba mirando todo aquello que tenía que estar tres años en lo mismo.

Todavía había presos en la cárcel de La Cabaña, y cuando yo caminaba hasta los fosos, donde se veían las grandes rejas de las galeras con vista hacia afuera, los oía hablar alto y decir malas palabras, y a veces hasta alguno de ellos me pedía que le hiciera el favor de llamar por teléfono a su madre o a su mujer.

Me ponía a pensar en los presos. No me imaginaba como podían vivir allí dentro días tras días en lo mismo.

Pero algo parecido nos pasaba a los soldados, con la diferencia de que veíamos el cielo y andábamos de un lado para otro, pero siempre dentro de la fortaleza. Tampoco éramos libres. Nadie es libre, claro; los presos lo somos menos; pero el recluta es como un preso porque no quisimos esa vida, nos habían metido en una unidad militar y teníamos que estar allí obligados.

Algunos presos de La Cabaña trabajaban por las mañanas limpiando los alrededores del presidio, y dando yo mis vueltas, empecé a conversar con un gordo que había matado a su mujer, decía él que sin querer, en una discusión, pero a mí me parecía que la había cogido pegándole los tarros.

No sé cómo se llamaba aquel tipo. Fue marinero mercante. Había estado en medio mundo. Cada vez que él cogía un descanso y se sentaba debajo de una mata con su carrito de basura, yo lo veía a lo lejos y me iba hasta allá con mucho cuidado porque nos tenían prohibido conversar con los reclusos.

Entonces yo le preguntaba y me contaba como eran esos países y la gente, porque me gusta oír esas descargas. Me decía que los checos no podían ver a los cubanos; y que en la Unión Soviética, la gente vivía vendiendo y comprando cosas de contrabando, como en Cuba; y que en no me acuerdo qué país muy desarrollado, las mujeres no usaban blúmer ni ajustadores, y como los maridos no se las templaban, ellas lo hacían con otros, y me imagino que así también debían templar con otras sus maridos, o con otros, porque lo mismo eran tortilleras que maricones. Todo eso me contaba el gordo, y los paisajes y las ciudades aquellas que había visto, y yo dándole oreja.

Era un tipo triste. Te hablaba despacio, como sin deseo, y mirando siempre a lo lejos. Se le había jodido la vida después de lo que hizo, porque sus hijos no querían cuento con él y hacía años que no los veía. La madre de él, que era la única que lo visitaba en la cárcel, había muerto. Le quedaba un año para salir, pero a lo mejor le daban antes la condicional. Y yo me acuerdo que un día le pregunté qué iba a hacer cuando le dieran la libertad, y me dijo que no sabía si podría acostumbrarse a vivir en su barrio como antes, porque llevaba tantos años cerrado, y estaba preso por una cosa tan mala, haber matado a la madre de sus hijos, que no quería ni pensar en cuando saliera.

—Con tantas mujeres que hay —le dije— y pensar que los hombres nos complicamos la vida por una sola.

Primero quedó callado. Después me dijo que los hombres éramos seres muy complicados.

La cárcel es un hospital de gentes con la vida rota. No se hace otra cosa aquí que tener que vivir día tras día para pagar lo que uno hizo. Es como si la vida de uno se parara. Comer y dormir, dormir y comer, como un pajarito que tienen dentro de una jaula. Y eso de que se está preso para reeducarse, es mentira. Nadie aprende en una cárcel nada bueno. Todo lo que se ve aquí son horrores.

10

Hoy el médico me dijo que hay que hacerme unas pruebas, así que tengo que volver al hospital la semana que viene.

Cuando estaba esperando a que me viera el médico, me encontré con un socio de los tiempos de la secundaria. Me miraba y me miraba y yo sabía que nos conocíamos, pero no me acordaba de él, hasta que se me acercó y me dijo tú eres el Bobby. Empezó a contarme de lo que ha sido de la gente que estudió con nosotros, un montón que se fueron de Cuba y otros que murieron. Le pregunté si sabía de la *jeva* mía aquella que parecía una boliviana, y me dijo que era doctora y que estaba gorda y tenía dos hijos y se había divorciado.

Todo el mundo había cogido su camino. Menos mal que el guardia que me custodiaba no se puso pesado y me dejó hablar todo el tiempo con el socio. Ni me preguntó si estaba preso. Se tuvo que dar cuenta, pero no me preguntó, porque tú sabes que hay gente que, dándose cuenta, te pregunta. Hasta te preguntan por qué estás preso.

Después, cuando venía para acá en la jaula, estuve pensando en aquellos tiempos de la secundaria. La gente piensa más en el pasado mientras le van cayendo los años. A mí el pasado no me da ni frío ni calor. Pero después que vi a aquel socio, recordé los tiempos de la escuela. Fueron buenos, no tenías que estar rompiéndote la cabeza con las trampas que te pone la vida o en las que uno le pone a ella.

¿Por dónde íbamos? Ah, el preso aquel que mató a su mujer. Pero ahora no te voy a hablar del preso. Te dije que empecé a fugarme; primero los domingos porque casi no había oficiales en la unidad. Después le fui cogiendo el gusto a las fugas. Me dijeron que, por la estatua del Cristo, esa que se ve en los altos de Casa blanca desde la avenida del puerto, la fuga era mejor. El único problema era que por allí había una posta, y cuando a los cadetes les tocaba hacer la guardia de la unidad, no había quien se fuera por el Cristo porque con ellos no se podía hacer cuadres.

Por el Cristo la fuga era mejor porque no había que deslizarse por el cable ni bajar por un matorral como por el polvorín. En el Cristo se bajaba por un camino de tierra que daba a una calle que iba hasta el parque de Casa Blanca.

Me fugaba por las tardes después de la comida. A veces me iba para la casa hasta el día siguiente que regresaba a la unidad antes de las siete de la mañana. Otras daba una vuelta por Casa Blanca, y cuando se hacía de noche, me sentaba en el parque a donde iban algunas *jevitas* que les sacaban fiestas a los reclutas.

Me puse a hablar un rato en un banco con una mulatica que creo que se llamaba Irene. No era fea, pero tenía un ojo normal y el otro extraviado. Le dije si conocía algún lugar donde pudiéramos templar y me dijo que no. Entonces, caminando por ahí, nos metimos en la escalera de un edificio. En un descanso que había entre el segundo y tercer piso, se subió la saya y le bajé el blúmer, y en eso un vecino abrió la puerta del apartamento y tuvimos que salir corriendo.

Ella cogió miedo. Me dijo que se iba para su casa. Le dije que me dolían mucho los huevos porque me había calentado. Me respondió: «*Ese es tu problema*». La cogí duro por el brazo y le dije: «El problema es tuyo que me dejaste en esa, así que andando». Entonces caminamos por ahí hasta que encontramos un matorral. Ella tenía miedo entrar porque estaba oscuro. Le di un empujón, y la recosté a un árbol. La viré de espalda, le subí el vestido, le bajé el blúmer, la incliné y me dijo que yo era una bestia.

Yo bajaba a Casa Blanca a eso de las siete de la tarde, la esperaba en el parque y templábamos donde podíamos. Cuando me dijo que fuera a su casa que iba a presentarme como su novio, me le perdí. Yo no sé lo que es tener novia. Todo lo que tuve fueron amantes, y nunca me interesó casarme. Cuando veo que una mujer quiere amarrarme, termino. Y si vivo mucho tiempo con una mujer, me aburro.

En uno de los pases que me dieron fui a casa de Elpidio para saber cómo andaban los preparativos del artefacto aquel que estaban haciendo para irnos de Cuba, y me dijo que había problemas con el motor. Le dejé un número de teléfono para que me avisara cuando todo *estuviera en talla*. Tenía que decirme por teléfono que el encargo ya estaba en su casa, y eso quería decir que ya todo estaba listo para irnos.

Encontré a la vieja más flaca. Ahora empezaba a beber desde por la mañana. Ya el viejo ni me hablaba de ella. Lo único que me comentó fue que hacía falta que pasara un buen susto para que la ingresaran y le pusieran un tratamiento, que a lo mejor así dejaba de beber. Se pasaba casi el día entero en la casa de Candita jugando a la lotería con cartones, si no, oyendo discos y cantando con el maricón de Pituca.

Esa era la vida de mi madre. Estaba matándose. Yo no quería que fuera así, pero era la vida que ella quería llevar. Yo no podía arrastrarla al médico. A lo mejor pude hacer más; pero soy como soy, respeto la forma que la gente tiene de vivir para que no se metan en la mía. Con ella no había quien pudiera. Se le murió mi hermano y se le acabó la vida. ¿Entonces qué le importábamos el viejo y yo? Dejé que hiciera lo que le diera la gana.

Yo vivo a mi aire. Tú has visto aquí como dicen que yo no cojo lucha con nada. Con nada. A mí lo mismo me da que el sol salga por una parte como por la otra. Ahora, pero que no me jodan, que no se metan en lo mío.

¿Mi madre quería morirse así? Ese era su problema. Llegamos a tratarnos con frialdad. Cuando nos veíamos, nos decíamos y qué, y ya. Varios vecinos me dijeron que mi deber como hijo era obligarla a que fuera al médico. Se lo dije dos o tres veces. Fue bastante; yo no soy de estarle insistiendo nada a nadie.

No, yo no sufría que a ella yo no le importara como hijo, porque el que tiene que quererse soy yo. Oye, cuando yo iba a nacer, creo que ya no había sentimiento para repartirles a los niños. Nací con el corazón vacío. ¿De qué sirve ser sentimental, si cuando menos lo piensas cualquiera te saca un sable? Yo nunca me he puesto a pensar si mi madre me quería o no. El que me la toque, la mato; pero si no me quiere, que no me quiera; a mí eso me resbala como me resbala todo.

Ahora mismo aquí: ¿quién es tu amigo? Uno mismo. Tenemos que dormir con un ojo cerrado y el otro abierto, porque cuando vienes a ver te roban la poca mierda que tienes, te cortan o te violan. No puedes confiarle nada a nadie, porque no sabes quién es el que te chivatea.

Uno se acostumbra a todo, y me fui acostumbrando a la vida militar. Es que tampoco tenía alternativas para salir de allí para siempre. Lo más jodido eran las guardias, un día entero, terminabas muerto; porque además de que la guardia tocaba cada seis horas y estar dos horas en la posta, las camas del lugar donde descansábamos mientras teníamos que pasar el día de la guardia, estaban más duras que el carajo. Lo demás era pasajero. Ya no teníamos el meche de las marchas, y eran más los ratos libres. A veces, como te dije, nos ponían a limpiar los fusiles, a oír una clase de política, o nos quedábamos en el albergue haciendo cuentos; aunque yo no paraba mucho en el albergue porque el grupito aquel de los cinco guapetones se ponían pesados con la gente, y yo trataba ni de oírlos porque los tenía entre ceja y ceja. Entonces me iba solo por ahí a caminar con Silvio.

Silvio se me pegó. Me entretenía con sus cuentos, que casi todos eran mentiras, porque tenía una imaginación del carajo; pero coño, llegaba el momento que me cansaba porque hablaba demasiado y rápido, y te iba tocando la mano para que lo atendieras porque era nervioso, y empataba una cosa detrás de otra, y a veces yo le decía: «Oye, voy a darte unas vacaciones», y estaba sin hablar con él unos días.

Una tarde nos fugamos con ropa de civil que teníamos escondida en la taquilla para dar una vuelta por La Habana, y en el Parque de la fraternidad se le pegó un maricón que lo invitó a comer en el Floridita. Silvio le dijo que yo era su hermano, y que si no iba yo, él tampoco.

El tipo era de unos cincuenta años. Acababa de despedirse de una mujer que había montado en un carro, y vio a Silvio y le sacó conversación.

El plan era aprovecharle la comida y después íbamos tumbando. Yo nunca había ido al Floridita. Con la ropa que Silvio y yo llevábamos puesta y el lujo que había allí, parecíamos unos andrajosos; pero el tipo tenía guara allí y nos dejaron pasar. Nos tomamos unos tragos en la barra hasta que nos avisaron que ya podíamos sentarnos a la mesa. Nos dieron la carta y el maricón nos dijo: «*Pidan lo que quieran*». Yo pensé que así sería lo que iba a pedirle a Silvio después, pero eso era su problema. Había cantidad de cosas para comer que yo no sabía lo que eran. Entonces pedí un bistec de caguama y Silvio langosta. Bebimos más y Silvio se emborrachó, y empezó a hacer el mismo cabrón cuento de cuando tocó la alarma del ferry. Como yo me lo sabía de memoria fui al baño, y cuando regresé no los vi en la mesa. Me senté un rato y después ellos vinieron. El maricón pagó y fue al baño. Le pregunté a Silvio qué iba a hacer: si irse con el maricón o regresaba a la unidad conmigo. Se quedó callado, y le dije que a mí no me importaba que él se fuera con el maricón, pero lo que era yo, iba *tumbando*. Silvio me explicó que el maricón le había contado que él vivía con dos muchachas que eran del campo y estudiaban en la universidad, pero que si se les creaba las condiciones para beber y pasar un rato, ellas templaban.

—Eso es un cuento del maricón ese para llevarnos para allá —le dije.

—Compadre, vamos a probar, y si no, nos vamos —me dijo, pero no fui.

Cuando dieron el de pie por la mañana, no vi a Silvio en el albergue. Pasaron la lista y lo dieron por ausente a la unidad. Llegó casi al mediodía con peste a ron y la cara que parecía que le habían caído cien años. Le dije que le habían puesto ausente.

—Eso yo lo arreglo facilito —me dijo, porque creía que él podía resolverlo todo, y se fue a la oficina del jefe de la compañía. Demoraba. Almorzamos y todavía no había regresado. Después me enteré que lo habían mandado siete días para el calabozo. Salió flaco que parecía un enfermo.

Como yo no sabía lo que le había pasado aquella noche, le pregunté como quien no quiere las cosas:

—Bueno, ¿y cómo fue la *bolá* extraña aquella? No me has contado. Parece que la cogiste en grande. ¿Te singaste al maricón o a una de las *jevas*?

Pero ni él mismo sabía lo que había sucedido. Me contó que se puso a beber y se perdió en la borrachera. Eso fue lo que me dijo. Pero cuando él iba, yo venía, tengo más calle que escuela, y por esa forma de actuar aquella noche, me llevé al vuelo que Silvio era un vacilador y por pasar un buen rato era capaz de cualquier cosa.

Me hice como que le creí. Pero los maricones no te dan nada por gusto, y ese tenía plata y relaciones. Y fíjate si hubo algo, que después de eso Silvio empezó a fugarse solo casi todas las noches. Yo le preguntaba y me decía sin mirarme a la cara que tenía una *jevita* en Centro Habana, pero nunca me dijo vamos pa'que la veas. Y después de eso no le faltaba el dinero. Lo que sí no llegó más tarde al pase de lista.

Para colmo la cama que estaba al lado de la mía quedó desocupada porque al recluta que dormía en ella lo trasladaron para otro lugar, y Silvio empezó a dormir en esa cama. Así que lo tenía durmiendo a mi izquierda. Ponía las botas debajo de la cama con una peste del carajo, y le formé bateo para que limpiara las botas o cuando se las quitara las guardara en otra parte. Dejaba la toalla mojada después de bañarse arriba de la cama, no lavaba los calzoncillos, solo las medias y porque cogían tremenda peste. A veces le entraba un desgano de esos que le daba y no se bañaba, porque tan pronto estaba contento que triste, y yo le preguntaba qué coño te pasa y no hablaba. Se metía así varios días, andando solo, sentado en el muro de La cabaña mirando La Habana. Tenía su pase a tierra. Yo creo que Silvio no tenía que haber entrado al servicio. Si le hubieran hecho un buen examen médico, no hubiera entrado. Pero los exámenes médicos que le hacen a los jóvenes para el servicio son a la ligera. Te toman la presión, te miran la vista, te miran la garganta, te auscultan, te miran el culo, te dicen que te levantes los huevos y ya. Después te dicen que estás apto para el servicio militar.

Después de todo le cogí lástima a Silvio. Era un pobre diablo. No tenía a nadie, solo al viejo con el que vivía, y a mí que era su escudo.

Después que Silvio entró al servicio el viejito se puso muy mal de los nervios, se enfermó y tuvieron que operarlo. Acompañé a Silvio al hospital, y con el viejito había una muchacha que dijo que era su sobrina. Después que terminó la visita, llamó a Silvio aparte y le dijo que ella iba a vivir con el viejo porque los médicos decían que necesitaba una compañía para cuidarlo, y que él le había hecho un testamento. Así que Silvio tenía que recoger sus cosas y abandonar la casa.

Si Silvio abandonaba la casa no tenía donde vivir, así que aquella mujer había aparecido de pronto para acabarle de joder la vida.

Le dije a Silvio que hablara con el viejo y con la presidenta del Comité, que lo que aquella mujer quería era quitarle la casa; pero no lo hizo. Cogió miedo porque la *jeva* estaba casada y llevó al marido a vivir con ella. Tremendo lío. Mientras el viejo se valía por sí mismo, nadie se acordaba de él, y ahora que le quedaban dos afeitadas, aparecía la familia y Silvio al carajo.

Esa es la puta vida que yo te digo. Y los malos duermen bien.

11

Anoche tuve un sueño rarísimo. Yo doblaba por la esquina de la calle de mi casa, cuando vi a los vecinos cogiendo papeles que caían del cielo. Todos estaban en eso, y el hermano de Cara triste, el testigo de Jehová al que le decían Pata de rana, gritaba en la acera que el mundo iba a acabarse el miércoles.

Me quedé parado en la esquina mirando a la gente coger los papeles. Como Pata de rana avisaba que el mundo iba a acabarse, pensé que eran hojas de la Biblia; pero un papel me cayó cerca y me puse a leerlo, y era una de las hojas de la agenda de Lucrecio. En la parte de arriba de la hoja decía que la presidenta del Comité era una falsa comunista, y debajo había una lista de nombres de vecinos que al lado, entre paréntesis, tenían puesto: Fulano vende ropa, Fulano recoge terminales, Fulano habla mal de la Revolución, Fulana compra carne de contrabando, Fulano es religioso, Fulano juega a la bolita, Fulano no hace guardia en el Comité, Fulano es homosexual y por ahí para allá una tonga de chivaterías, pero no vi mi nombre.

De pronto Lucrecio apareció por la esquina y todos los vecinos echaron a correr para su casa. Las hojas seguían cayendo. Lucrecio no sabía que eran de su agenda porque no les hizo caso. Solo quedó en la calle Pata de rana diciendo que creyeran en Dios que el mundo iba a acabarse el miércoles, que todavía estaban a tiempo para creer en

Dios y arrepentirse de los pecados. Lucrecio lo cogió por un brazo y le dijo: «*Si sigues diciendo eso te meto preso*». Pata de rana le contestó que él tenía que predicar la palabra de Dios. Lucrecio le dijo que Dios era un invento de los capitalistas para explotar a la gente. Entonces Pata de rana se le zafó de la mano y dio un salto que fue a parar a la azotea del edificio, y allí siguió gritando que el mundo iba a acabarse el miércoles, que Dios se lo había dicho, que no le hicieran caso a Lucrecio que era un enviado del diablo.

Aparecieron muchos policías y desde la calle empezaron a dispararle a Pata de rana que estaba con la Biblia en las manos parado en el borde la azotea. Las balas le daban y le sacaban sangre, pero no se moría, se reía como un loco, y yo pensé que el diablo era él. En eso me desperté asustado.

Desde que lo conocí siempre fue el mismo, aunque lo que pasó por estar metido en esa religión fue de madre. Unos porque se reían de él y otros porque lo acusaban de contrarrevolucionario, y otros que decían que era maricón...

Era un tipo serio, nada tenía que ver con su familia. El hermano, ladrón; la hermana medio anormal que se «acostaba con malanga», y la madre chivatona. Pata de rana trabajaba como ayudante de mecánico en la terminal de guaguas de Regla, y cuando salía de su trabajo, se iba a tocar puertas para hablarle de Dios a la gente, y casi nadie le aguantaba el teque. Si algún vecino estaba en el portal y lo veía aparecer, se metía para adentro. Era como la peste, y chico, no le hacía daño a nadie. Mientras la gente estaba en el brete y el invento, aquel infeliz tocaba puertas para decirles que Dios los quería y que el día final de esta vida estaba cerca. Cada vez que nos encontrábamos, me lo decía. Y para que tú veas, con lo hijoeputa que soy, nunca me burlé de él. Hasta le aguantaba la trova. Cada loco con su tema.

Me dieron cinco días de pase y me llegué a casa de Elpidio. Me dijo que el artefacto aquel ya estaba en talla y que se tiraban el sábado por la noche por Guanabo. Le dije: «Coño, si no vengo no me avisan». Yo tenía que entrar a la unidad el domingo, así que el pase me venía de perilla.

Estuve pensando si decírselo al viejo, pero no iba a estar de acuerdo, y tal vez lo jodería todo porque nadie podía saberlo.

Llamé por teléfono a Amanda. Me salió la abuela; la vieja que nunca salía al teléfono, le dio por cogerlo. Me encabroné y le tiré una trompetilla y me mandó pal'carajo. A las dos horas volví a llamar; me salió la madre de Amanda y colgué. Como a la hora llamé otra vez y salió la abuela. Cambié la voz y le dije: «*Hágame el favor con Amanda*», y me preguntó: «¿A qué número usted llama?». Me encabroné y le dije: «*Yo llamo al número del coño de su madre*», y la vieja me dijo: «Al coño de la tuya».

La tarde del día antes de la partida de Cuba, me senté en la orilla de la azotea donde tenía mi cuartico. Me puse a mirar los tejados de las casas del barrio.

Al rato me acosté. Estuve tremendo tiempo mirando al techo del cuartico, pensando que mañana me iba de Cuba y que no podía decírselo a nadie, ni siquiera al viejo. Para el viejo iba a ser un golpe duro. Yo era lo único que le quedaba.

Allí acostado, me vi limpiando carros en un garaje de Miami, ganando algún dinero y viviendo solo, a mi aire. A lo mejor me encontraba por allá con Cecilia, la hija de la Curiela. Ya debía estar casada. Tal vez ya no me gustaría como antes. Pero mujeres ricas y bonitas las había dondequiera. Incluso allá habría prostíbulos, donde uno podía acostarse con la que más le gustara.

Estaba pensando en eso cuando me di cuenta que estaba poniendo la carreta delante de los bueyes, porque yo no sabía si llegaríamos; había que atravesar bastante mar hasta que nos recogieran, y podíamos meternos dos, tres o más días. ¿Cuántos habían quedado en el camino?

Total, me había acostumbrado al servicio, le había cogido la vuelta y me fugaba sin problemas. Ya llevaba nueve meses. Dentro de poco haría un año. Nosotros decíamos que los tres años de servicio se pasaban como subir y bajar una loma. Un año y medio para arriba, que eran los más duros porque eran los primeros; y otro año y medio para abajo. Yo pensaba en esa comparación, y me veía subiendo ya casi por la mitad de la loma.

Yo mismo no estaba convencido. Para irse así había que estar dispuesto a morirse, y yo no quería morirme. Y al día siguiente, bien temprano, fui a ver a Elpidio y le dije que no me iba. Me dio tremenda muela. Me dijo que íbamos a llegar sin problemas, que no cogiera miedo; pero yo le dije que iba *quitao*, que pensándolo bien yo no veía que allá se me hubiera perdido nada. Nos abrazamos y él me dijo:

—Ná, yo te entiendo; te acostumbraste a cogerle el golpe a esta mierda.

Y llegaron. A los cinco días llamaron que los tres estaban en un refugio de emigrados. Cuando lo supe me alegré por ellos.

No, no sentí remordimientos por haberme quedado. Aunque crecí viendo como los vecinos se iban del país, y oía hablar que allá hay de todo y luego mandaban cartas diciendo que les va bien, nunca me dio esa taranta.

Yo soy un tipo sin ambiciones. Tú lo sabes. Con mujeres y un poco de dinero, *mato el gallo* y echo el resto de la vida. Puedo vivir en una casita que no sea una gran cosa y comer un día un pan con tortilla y otro arroz con frijoles, y cuando me caiga un bistec, bienvenido. Me conformo. No me interesa la política. No cojo esa lucha pensando ni discutiendo que si en tal país pasó esto o tal presidente dijo aquello. La guerra no es buena y la miseria tampoco; pero tú te pones a pensar y es como decía el abuelo de Jeringuilla, que para que haya mundo tiene que haber de todo; y desde que yo nací estoy viendo y oyendo de guerra por todos lados: por la televisión, por el periódico, por el radio, en el colegio, en los letreros de las calles, y total, todavía la estoy esperando. De tanto oír hablar de lo mismo, llega el momento de que la guerra te importa tres cojones, y si llega, como el fin del mundo, que me coja con dinero en el bolsillo, porque un hombre sin dinero es como un pájaro sin alas.

Esa gente se fue, como te decía, y yo no sentí remordimiento. De verdad que no. Durante los primeros meses, Elpidio mandaba cartas. Un día la madre me dijo que hacía tiempo no sabía de él. Gentes que lo habían visto allá, le decían que él estaba bien; se había casado con una mexicana adinerada mayor que él que se lo llevó para California.

Elpidio aquí era como un chulito. Estaba con *jevas* mayores para que lo mantuvieran. La juventud tiene un precio que las mujeres maduras tienen que pagar, y él se aprovechaba de eso. Como decir amigo mío, nunca lo fue; pero siempre quiso que me fuera con él. Tenía tremenda confianza en mí porque eso de irse ilegal no se le dice a cualquiera. Pero nunca vi ese camino para mí, no sé por qué porque nunca he sido comunista. Tampoco creo que uno viene con un destino. El destino se lo hace uno, como decía aquella canción, *que no hay caminos, se hace camino al andar.* ¿Te acuerdas de aquel cantante español que después no vino más? Ajá, Joan Manuel Serrat. Tenía su onda. Me gustaban sus canciones. ¿Muchas de ellas eran poemas? No lo sabía. Bueno, descargaba cosas que hacían pensar. Tampoco soy tan bruto.

Pues ellos se fueron y yo me quedé, y por esas cosas de la vida, el domingo siguiente, cuando iba llegando a la unidad para entrar de pase, conocí a una *jeva* que me viró la vida al revés. Porque eso pasa también, que uno nunca sabe; pero no quiere decir que el destino de uno esté hecho. Es que el mundo es así, está lleno de casualidades, unas para joderte y otras para alegrarte. Y me tocó vivir mi momento.

Me había bajado de la lancha en Casa Blanca y fui a la cafetería para comprar unos panes con croquetas. Llego, pido el último y me lo dio una mujer que desde que la miré, me mató. No sé qué piropo le dije y me dio las gracias. Seguí diciéndole cosas, pero no me hacía caso.

—Mira —le dije cruzando la calle—. Yo no sé si te perjudico, discúlpame, pero no me dejes así.

—¿Cómo así? —me preguntó.

Yo le dije eso porque la tenía muy parada, pero me di cuenta de que a aquella *jeva* no podía entrarle de esa forma.

—¿Pero así cómo? —me dijo.

—Así, sin que te vuelva a ver.

—Ahhh —dijo ella que parece que se dio cuenta de lo que yo había querido decirle.

Seguimos caminando. Estaba tan nervioso que no sabía de qué hablar, hasta que por fin le pregunté si era de allí, de Casa Blanca. Me respondió que sí. Cuando llegamos a la esquina del parque, me dijo que lo sentía, pero que con ella no podía continuar.

—Yo no quiero perjudicarte si estás comprometida —le dije—. Yo solo quiero tu amistad; con tu amistad yo soy feliz.

Ella se sonrió.

—Con qué poco eres feliz —me dijo.

—Eso crees tú —le dije de lo más entusiasmado porque me seguía la conversación—. Tú eres mucho para mí. Yo no quiero irme pensando que no te volveré a ver.

Me preguntó si era militar. Le respondí que recluta. Después me preguntó la edad. Le dije que dieciocho.

—¿Y tú? —le pregunté. Me respondió que a las mujeres no se les preguntaba la edad.

—¿Y a los hombres sí? —le dije.

—Todavía no eres un hombre. Eres un muchacho.

—No importa.

Ella se quedó mirándome. Llevaba una cartera de piel con flecos. La abrió, sacó una libretica de teléfonos, arrancó una hoja, escribió un número de teléfono y me lo dio.

—Este es el teléfono de mi oficina —me dijo—. Me llamo Olivia. Solo me puedes llamar martes o jueves de nueve a once de la mañana.

—¿Solamente trabajas dos días? —le pregunté. Y me dijo que era editora. Yo no sabía lo que era eso y me dio pena preguntarle.

—Así que martes o jueves y solo te puedo llamar por la mañana —le dije.

—No, no has comprendido, muchacho. No por la mañana, solo de nueve a once de la mañana.

—Está bien —le dije como un niño obediente.

—Otra cosa —me dijo—. Yo estoy casada. No me interesa tener ninguna relación contigo ni con nadie; pero te voy a complacer con mi amistad. Si llamas y yo no te salgo al teléfono y te preguntan quién eres, dices que eres mi sobrino, y no dejes recados. Solo que la llamó su sobrino y yo sé que fuiste tú.

—Así que tú eres mi tía —le dije.

—Puedo serlo. Ahora me voy. Por favor no me sigas que vivo cerca y me conocen. ¿Cómo te llamas?

—Bobby.

—Chao, Bobby.

—Chao, tía —le dije de lo más contento. Y me quedé mirándola como un bobo hasta que se me perdió de vista.

Esa noche no podía coger el sueño. A las doce y pico de la noche salí del albergue y me senté en el muro de La Cabaña. Me puse a mirar La Habana con sus luces encendidas pensando en Olivia. Me había gustado más después que hablamos.

Al día siguiente le pregunté a Silvio qué cosa era una editora, pero no lo sabía. Le pregunté al sapingo de mi jefe de pelotón, y me dijo con tremenda cara de asombro: «¿editora?». Me recomendó que fuera a la biblioteca a buscar esa palabra en el diccionario. Silvio me acompañó. Fue él quien le pidió el diccionario a un cadete que trabajaba allí que tenía tremenda pinta de maricón. Así supe que Olivia trabajaba revisando libros; por eso me había parecido una mujer fina.

Silvio me preguntó para qué yo quería saber el significado de esa palabra. Era más curioso que el carajo. Le dije que la había visto escrita en un lugar.

—¿Y de cuando acá a ti te importa tanto el significado de las palabras? —me dijo.

—¿Y de cuando acá yo te pregunto lo que haces con tu vida? —le dije.

Quería estar solo. Lo único que me interesaba era pensar en Olivia y que llegara el martes para llamarla. Pero ese lunes me tocaba entrar de guardia a las seis de la tarde y no salía hasta las seis de la tarde del martes. Así que no podía hablar con ella porque en la unidad no había un cabrón teléfono público. Eso me incomodó. Los oficiales tenían teléfonos en sus oficinas, pero los reclutas no podíamos llamar.

Me pasé todo el tiempo de la guardia sin hablar con nadie. Tenía que esperar hasta el jueves para hablar con Olivia. Pero no podía esperar tanto. Se me iba a reventar la cabeza de pensar en ella, y abandoné la guardia a las cuatro de la tarde. Me fui a Casa Blanca para sentarme a la salida del muelle para ver a Olivia cuando llegara en la lancha. Me dieron las siete de la noche y no la vi. Estaba que, si me pinchaban, soltaba vinagre.

Cuando llegué a la unidad me mandaron diez días al calabozo.

El calabozo por fuera era un local cuadrado con paredes sin repellar. Por dentro tenía un pasillo estrecho; a la derecha quedaba la celda colectiva y a la izquierda seis individuales. Me mandaron para una individual, pero todas estaban ocupadas. La colectiva tenía seis reclutas. Uno de ellos era el Chevy. Todos los meses lo metían en el calabozo porque, según él, se fugaba para ver a su hijo chiquito; según otros tenía una querida. Yo creo que se iba por las dos cosas.

Las camas eran unas planchas de hierro forradas de aluminio cogidas por dos cadenas en la pared. En un rincón había una letrina y una pila para tomar agua. En lo alto de la pared, casi tocando el techo, había un enrejado chiquito por el que entraba el aire. En el medio del techo colgaba de un cable lleno de moscas un foco amarillo con la luz opaca que estaba encendido el día entero.

Los presos solo salíamos de la celda cuando íbamos a bañarnos, de cinco a cinco y media de la tarde. El resto del tiempo lo pasábamos conversando sentados en las camas o en el piso.

Había un negro flaco y alto que imitaba voces que sabía un montón de cuentos de Álvarez Guedes, y cuando decía a hacer cuentos o a imitar la voz de algunos oficiales, nos meábamos de la risa. Se fue dos días antes de yo salir. Lo extrañamos. Gracias a él no sentí tanto el calabozo. El Chevy decía que el calabozo era como un hotel, porque no había que hacer nada; solo hablar, dormir y comer.

Cuando salí había cogido unas libras, y tenía barba. El jefe de la compañía me llamó a su oficina. Desde que entré metió un grito de firme y me puse como una vela frente a él. El tipo era del carajo. Se reía y hacia chistes con la gente, pero lo mismo te daba un escándalo que un homenaje. No tenía miramientos con nadie. Cuando me tuvo como cinco minutos en firme mientras él escribía algo a duras penas en un papel, porque era un ñame con traje de oficial, me mandó a sentar.

—¿Pol qué uté abandonó la gualdia? —me dijo hablando así porque era oriental.

—Para ir a ver a una *jevita* ahí que conocí —le dije.

—¿Se fugó?

Le dije que sí. Se calló. Estuvo mirando un rato el papel donde había escrito y después me dijo:

—Etá a un cincuenta pol ciento de a bien conmigo polque me dijo la veldá, ¿o sucedió otra cosa?

—Esa es la verdad, mayor —le contesté.

—Abandonar una gualdia es un hecho gravísimo. Uté lo sabe polque conoce el reglamento. Es como dejar el pueto de combate en la batalla.

—Sí —le dije de lo más serio. Había hecho una comparación del carajo, pero bueno, ¿qué podía decirle?

—Pues para la próxima lo voy a mandal para el correccional milital, preso. Por lo meno sei mese preso.

—Sí —le dije más serio que nunca en mi vida.

—Puede retiralse.

En el albergue me enteré que estando yo en el calabozo, le habían echado mierda a Silvio en la cama y robado las botas. También rompieron la taquilla que usábamos él y yo y me habían robado unos pares de medias, una camiseta y el cinto que usaba con el traje de pase. Eso me puso mal. Yo sabía más o menos quienes habían sido, los negros guapetones, pero no podía hacer nada por falta de pruebas. Además, acababa de salir del calabozo. Tenía que evitar problemas. Pero ya los tenía entre ceja y ceja. En cualquier momento estaba enredándome a piñazos con algunos de ellos o con todos, me daba lo mismo.

Unos días después el sargento feje de mi pelotón me llamó a su oficina y me dio tres días de pase. Cuando me firmaba la tarjeta del pase, le pregunté:

—¿Por qué me da pase?

—El jefe de la compañía me ordenó que se lo diera.

—¿Y eso?

—Dice que usted fue sincero con él.

Uno no sabe con la que gana o con la que pierde. Pensé que el jefe de la compañía podía querer algo de mí y ya me estaba comprando con el pase después de salir del calabozo. Entre los reclutas había algunos que eran informantes del jefe de la compañía. ¿Estaría pensando que yo fuera chivato?

Llegué a la casa muy contento porque al día siguiente era jueves y podía llamar a Olivia. Ni se me ocurrió tratar de comunicarme con Amanda. Creo que si alguna vez me cogí con una *jeva* fue de Olivia; porque con Amanda lo que me pasaba eran puros deseos; pero con Olivia, aparte de que me gustaba, me daba por pensar cosas bonitas.

A lo mejor Olivia pensó que me había olvidado de ella. A lo mejor ni se acordaba de mí. Lo más probable era que ni se acordara. Pero cuando la llamé me pareció que se puso contenta.

—Hola, Bobby —me dijo—. ¿Cómo estás?

—Aquí —le contesté cortado.

—¿Cómo aquí? —me dijo.

—Aquí, que estoy bien…, me dieron pase. ¿No podemos vernos hoy?

—Lo siento, hoy no puede ser.

—Un momento nada más. Puedo ir a La Habana. ¿No trabajas en La Habana?

—En El vedado.

—Pues voy al Vedado. No tengo mucho tiempo. Solo me dieron el día de hoy de pase —le mentí porque eran más días.

Me dijo que salía del trabajo a las dos de la tarde, que si yo podía estar en El carmelo a esa hora. Yo entendí caramelo y no sabía el lugar, pero le dije que sí, que a las dos. Cuando le pregunté al viejo mío, me dijo:

—¿Caramelo? No conozco ningún lugar que se llame así. Esa mujer te está corriendo tremenda máquina.

—Me dijo caramelo, un lugar que está en El Vedado.

—Ah, carajo, debe ser El Carmelo.

—Eso mismo —le dije al viejo.

Tenía tantos deseos de verla, que me bañé y afeité cantando, y me puse una buena coba, y a la una y media de la tarde ya estaba en El Carmelo. Cuando la vi que venía por la acera, me puse nervioso. Qué bonita y rica estaba. La miré caminar comiéndola con los ojos.

—Hola, Bobby —me dijo.

Yo no tenía palabras bonitas para decirle. No podía soltarle un qué bolá ni nada de eso. Le dije lo mismo: hola.

—Estoy algo apurada. Es que no esperaba tu llamada. Te invito a tomarte un helado aquí en El Carmelo.

—Bueno, tú invitas pero yo pago.

—Paga el que invita —dijo ella.

—Pero de todos modos yo iba a invitarte a algo.

Nos sentamos a una mesa.

—No me llamaste la semana pasada —me dijo.

Le explique que en la unidad no había teléfonos públicos, pero que estaba loco por llamarla. Ella quería saber el tiempo me quedaba para terminar el servicio. Le dije que dos años y pico. Me hizo un montón de preguntas. Tuvo que darse cuenta de que yo no tenía buena cabeza para los estudios. Me aconsejó que cuando terminara el servicio siguiera estudiando. Le dije que sí, que ya lo había pensado. Me estaba tratando como una maestra trata a un muchacho, y eso me aburría. Terminamos con el helado. Sabía que ella tenía que irse y a mí no me gusta perder tiempo.

—Yo quiero que tú sepas una cosa —le dije—. Tú tienes unos años más que yo, pero a mí eso me *resbala*.

Se me había ido él se me *resbala*, y ella puso la cara muy seria.

—No entiendo. ¿Qué es lo que te *resbala*?

Me puso en un aprieto.

—Que soy un hombre en todo el sentido de la palabra —le dije—. He tenido mujeres y sé buscarme el dinero y sé callarme bien las cosas.

—¿Qué quieres decirme con todo eso? —me preguntó.

—Mira —le dije—, yo no sé hablar bonito y tú eres una mujer preparada, pero a mí no me gusta estar hablando tanto ni perder el tiempo...

—¿Y tú crees que yo pierdo el tiempo porque soy así contigo? —me dijo. Me pareció que estaba a punto de levantarse para irse.

—No. Entiéndeme —le dije—. Que no me trates como un muchacho... Yo quiero seguirte viendo.

—¿A dónde quieres llegar? —me preguntó echándose un poco hacia alante en el asiento.

—Hasta el fondo contigo —le dije.

Empezó a reírse. Tremenda risa, y eso me relajó un poco. Después me dijo:

—Yo tengo veintisiete años. Tú para mí eres un muchacho. No puedo ni quiero tener una relación más íntima contigo —me dijo, pero yo presentía que eso que decía no era verdad.

—¿Tú sabes por qué no te llamé la semana pasada? —le dije—. Te mentí cuando te di aquella explicación. Entré de guardia el lunes y no salía hasta el martes a las seis de la tarde. Yo quería llamarte el martes antes de las dos, pero no iba a poder por la guardia, y me fugué y fui a Casa Blanca a esperarte a que llegaras en la lancha, y no te vi, y me metieron diez días en el calabozo.

Ella se me quedó mirando. Después se sonrió y bajo la cabeza.

—Disculpa —me dijo—. No me burlo de ti, pero me ha dado gracia. Eso solo lo hacen los muchachos.

—Pero yo soy un hombre y quiero estar contigo —le dije y me quedé callado de pronto porque se me había ido el «yo quiero estar contigo»—. Yo nunca he pensado tanto en ninguna mujer. No soy de hacerme ilusiones con mujeres, pero estoy pensando mucho en ti. Olvídate de mi edad. Dame un día. Sé que estás casada. Yo sé callarme las cosas. No voy a perjudicarte.

Ella volvió a mirarme. Me di cuenta de que le gustaba hablar conmigo, pero no quería acabar de decidirse. Las mujeres son tremendas.

—¿Así que estuviste preso por mí? —me preguntó después de un rato.

—Eso no importa —le dije—. ¿Me das un día?

—¿Un día? ¿Para qué?

—Ya te lo dije. No me gusta repetir las cosas. Dame un día.

—Bueno, llámame el jueves. Ya veremos —me dijo.

12

Al día siguiente de yo haber entrado a la unidad del pase, a las diez de la mañana, ordenaron que los tres pelotones de la compañía fuéramos al área de formación. A todos nos llamó la atención. Cuando se reunieron los pelotones, apareció el jefe de la compañía con el feje de cada pelotón. A mí eso me olía mal. Tenía que haber algún problema para que nos reunieran así.

El jefe de la compañía nos dijo que teníamos que ir al teatro, que a las diez y media allí había una reunión. Cuando llegamos nos mandaron a sentar en las primeras filas. En el escenario había una mesa larga con unas sillas. Todo aquello me parecía muy raro. La gente estaba como el *pescado en nevera*, con los ojos abiertos, pero sin ver nada, sin entender lo que pasaba.

Silvio estaba al lado mío. Me dijo al oído que esa reunión era porque a los tres pelotones los iban a trasladar de unidad.

—No jodas —le dije—. Qué tú sabes. Siempre estás hablando mierda.

De pronto, por un lado del escenario, aparecieron unos oficiales de altos grados, entre ellos el jefe de la unidad. Se sentaron a la mesa y después se oyó el himno nacional y todos nos pusimos de pie. Cuando el himno terminó, el feje de la unidad empezó a hablar. La cosa era para tratar de la guerra en Angola y de la disposición de nosotros para ir de misión. Dijeron que esa reunión no era para que nadie todavía se apuntara en la lista de los que querían ir, sino para que pensáramos en lo que se había hablado y después nos acercáramos al feje de pelotón para comunicarle la decisión.

Cuando regresamos al albergue todo el mundo hablaba de lo mismo. La gente preguntaba: «¿Vas a apuntarte?», como si fuera para una excursión.

Como mismo yo pensaba que en Estados Unidos no se me había perdido nada, en Angola menos.

Mientras todos andaban en esa jodienda de apuntarse o no, fui a la muralla y me senté. Ellos pensando en Angola y yo en Olivia mirando La Habana.

Me gustaba mirar La Habana desde La Cabaña. Yo no soy de hacerme ilusiones, pero sentarme allí me hacía sentir bien. Entre La Habana y yo estaba el puerto. El puerto para mí era… ¿cómo puedo decir…?, la línea, ajá, el límite, el límite que separaba al preso que me sentía yo, de La Habana que era la libertad, y eso me hacía mirarla con cariño, ajá, con nostalgia… Oye, como tú sabes palabras.

El caso fue que casi todo el mundo de mi pelotón se apuntó para ir a Angola. El jefe de pelotón aclaró que no es que todo el que se apuntara fuera a ir. Iba a haber una selección. Por ahora lo que se quería conocer era la disposición.

El jefe de pelotón me preguntó si yo no quería ir a Angola. Le dije que no. Me preguntó por qué. Le respondí que mi madre estaba enferma de los nervios. Me dijo que eso no tenía nada que ver, que lo que se quería conocer era mi disposición. Pensé: «*¿Será anormal? Le estoy diciendo que no quiero y me sigue preguntando*». Le expliqué que si me apuntaba podían seleccionarme, y si me seleccionaban iba a decir que no, porque mi madre estaba enferma y yo así no la iba a dejar. El tipo siguió en lo mismo. Me preguntó si mi madre vivía sola conmigo. Por poco le suelto: «Compadre, ¿pero eso es obligado o voluntario?». Porque tal parecía que casi era obligado ir a Angola, que se ponían bravos si uno decía que no. Pero me aguanté, y le dije que mi padre también vivía con nosotros, pero estaban divorciados. Entonces no me jodió más y se calló.

Silvio se apuntó. Cuando me lo dijo le pregunté para qué lo había hecho si él pasaba el tiempo echando pestes del gobierno y no era comunista ni un carajo. Me dijo que quería estar en una guerra, vivir esa experiencia. Yo le dije: «¿Y si te matan, comemierda? Tú no has pensado bien en lo que te metiste». Y me dijo: «Pero si no me matan y regreso, tengo más posibilidades de que me den una casa y hasta un carro».

Ya lo habían sacado de la casa del viejo, y como no tenía a donde ir, cuando le daban pase, daba unas vueltas por La Habana y regresaba a la unidad.

—Tienes que buscarte una *jeva* —le dije—, pero una *jeva* que tenga casa.

—Lo que hace falta es que me escojan para ir a Angola. Después aquí todo es más fácil porque fui combatiente.

—Lo que eres un comemierda. ¿Y si te matan?

Y me dijo: «Me jodí, pero así sin casa yo no puedo seguir. Mi única esperanza es Angola. Si me escogen y regreso, me dan una casa».

—¿Y la *jeva* esa misteriosa que tú dices que tienes? —le pregunté.

Me dijo que ya eso se había acabado.

—¿Con quién vivía? —le dije.

—Tú sabes bien con quien, Bobby; con el maricón que tú conociste No te hagas el bobo —me dijo.

—Yo no sé nada. Tú me dijiste que tenías una *jeva*, no que ella vivía con aquel maricón. Lo que pasa es que, de diez cosas que dices, nueve son mentiras. Entonces era verdad que seguiste la confianza con el maricón y por eso tenías dinero.

—¿Qué tú me quieres decir? —me dijo enjocicándose, como si se fuera a fajar conmigo— ¿Tú quieres decir que yo soy maricón? Más maricón eres tú.

Y cuando yo oí aquello, se me subió una cosa a la cabeza y le di un piñazo que lo tiré al suelo. Le dije:

—Maricón eres tú. Tú sí eres maricón —y lo dejé tirado allí echando sangre por la nariz.

Tú no sabes lo que me dolió haberle hecho eso, pero se pasó de la raya.

Por esos días pasaron varias cosas malas. Al Chevy le echaron seis meses preso en el Pitirre, el correccional de reclutas.

La otra cosa que pasó fue que en el pelotón de nosotros había un muchacho muy callado que le decían el mudo. Era un chamaco tranquilo. Se pasaba el tiempo dibujando. Bueno, pues se tomó no sé cuántas pastillas y empezó a echar espuma por la boca. Lo llevaron para el hospital y a los dos días murió. Nadie supo si estaba firmando para que le dieran la baja por loco o si había querido matarse de verdad.

Lo otro fue de risa. Después que el mudo murió, el jefe de la compañía mandó a que los jefes de pelotones hicieran una revisión en todas las taquillas y debajo de los colchones, para ver si alguien tenía pastillas o algo así con que pudiera suicidarse; y a un gordo le encontraron un aparatico rarísimo debajo del colchón.

Cuando el jefe del pelotón levantó el colchón del gordo y vio aquel aparato, preguntó quién dormía allí, y el gordo le dijo que él. El sargento le preguntó qué era eso. El gordo se quedó callado; después respondió que era una maquinita para quitarse los pelos de la oreja.

—¿Una maquinita para quitarse los pelos de la oreja? Pero si usted no tiene pelos en la oreja —dijo el sargento—. Espéreme en mi oficina.

Cuando el gordo salió del albergue, el sargento preguntó al grupo si alguien sabía lo que era aquello, y un negrito flaco dijo que era un consolador. El sargento preguntó qué era un consolador, y el mismo recluta le explicó que era un aparato que funcionaba como una pinga. Así mismo le dijo al sargento: que aquello era como una pinga. Había que verle la cara a aquel hombre. Era un guajiro.

El gordo tenía algunos gestos y eso de afeminado, pero nadie podía decir que lo era porque no lo habían visto en nada. Era muy inteligente, y el político lo cogía para que nos diera clases de política y lo ayudara en la oficina. Pero el político tenía bola de maricón.

La gente empezó a decirle al gordo Consolador, y el gordo como si con él no fuera. El político no lo puso más como su ayudante; pero la gente es del carajo, empezaron a decir que el político y el gordo tenían una relación íntima, porque el gordo lo acompañaba en la oficina, y regresaba tarde al albergue.

Se comentaba que por maricón lo iban a botar del servicio, pero el gordo siguió allí como si nada. Después de aquello, ya el gordo no tuvo que usar el consolador. Su cama sonaba todas las madrugadas.

Silvio y yo, después que tuvimos la discusión, no nos hablábamos. Se apartó de la gente. Decían que lo habían visto hablando solo. No se bañaba ni comía. A veces se fugaba y era para sentarse en el parque de Casa Blanca. Regresaba muy tarde. Yo lo oía al acostarse, pero me hacía como si roncara.

Una de esas noches que venía de la calle, cuando se acostó, oí que empezó a llorar bajito. *«Este yo creo que es medio maricón de verdad»*, pensé. Pero seguía llorando, y me puse a pensar en los problemas que tenía y que no era mala gente sino un pobre diablo. Sentí lástima, y como él dormía en la cama que estaba al lado de la mía, le pregunté varias veces qué le pasaba. No me contestaba. Entonces le dije:

—Pues si no quieres decirme, jódete.

—Me llenaron la cama de mierda —dijo.

—¿Cómo que te llenaron la cama de mierda? —le pregunté y en eso oí unas risitas de la parte donde dormían los cinco hijoeputas aquellos que se las daban de mandamás en el albergue y trajinaban a Silvio y ya me tenían muy jodio—. ¿Te echaron mierda?

—En toda la cama —me dijo Silvio.

Se me llenó la cabeza como de sangre. Me levanté, encendí la luz del albergue y fui derecho a las camas de aquellos abusadores, y les dije:

—Ustedes cinco son unos maricones, y si no se paran de ahí para fajarse conmigo, son más maricones, para que lo sepa todo el mundo, son unos pendejos y unos maricones.

Ninguno se levantó de la cama. Seguían haciéndose los dormidos. Pero yo quería quitarme la picazón con ellos. Yo quería que alguno se levantara y me fuera pa´rriba, pero no lo hacían; y a mí no hay nada que me joda más que la gente sea zorra y cobarde; y me acerqué a uno de ellos, lo cogí por el brazo, lo saqué de la cama y empecé a darle piñazos con todo lo mío. Entonces los otros cuatro me cayeron arriba. Pero yo estaba como loco. No podían conmigo. Quería matarlos.

Se armó tremendo alboroto. El oficial de guardia entró al albergue. Cuando nos apartaron yo estaba echando sangre por un brazo. Uno de ellos me había cortado con una navaja. Me llevaron corriendo para la posta médica. El médico dijo que había que llevarme para el hospital.

Al día siguiente, cuando regresé del hospital, el jefe de la compañía me preguntó qué había pasado. Le dije que ellos le habían echado mierda a Silvio en la cama y que eran unos abusadores con los muchachos; que se creían que aquello era un presidio y se las daban de mandones, y que ya me tenían muy cansado. El mayor me dijo que eso no era manera de resolver ese problema, que tenía que haberlo reportado. Yo le dije que no era chivato. El dio un golpe en el buró y gritó que eso no era ser chivato. Yo le dije que, si no lo era, a mí no me gustaba estarle dando quejitas a los jefes, y que yo resolvía mis problemas por mi propia cuenta.

—Ese no era un problema suyo —me dijo.

—Sí lo era, mayor. Ellos están jodiendo aquí desde que entramos a la compañía, y nunca les ha pasado nada.

—Tenía que habelo repotado, soldado. Ahora usted es tan cupable como ellos.

Me metieron veinte días en el calabozo en una celda individual. Cuando cerraron la puerta y me vi allí dentro, tuve deseos de gritar que me sacaran. No había cama ni baño. Solo, todo el tiempo sentado en el piso, en un espacio de cuatro metros cuadrados, donde no podía estirar las piernas. Tampoco se podía conversar con el de la celda de al lado.

Todas las mañanas me llevaban a la posta médica para que el médico me viera la herida donde me habían dado cinco puntos.

Los dos primeros días fueron de perro. Trataba de no pensar que estaba allí porque si lo pensaba me desesperaba, me faltaba el aire, y me daban deseos de gritar que me sacaran. Después, para olvidar y matar el tiempo, se me ocurrió cantar bajito, hacer cuclillas y planchas de pie, con las manos puestas en la pared. Así le daba movimiento al cuerpo, me cansaba y dormía.

Cuando me faltaban seis días para salir, me sacaron. En el albergue me dijeron que a cuatro de los cinco con los que me había fajado, los habían trasladado de unidad. Al que me había cortado lo mandaron para el Pitirre.

Otra vez el jefe de la compañía me mandó a llamar. Cuando llegué a su oficina no me gritó firme ni nada. Estaba de lo más tranquilo sentado en el buró, y me dijo: «Siéntese, sodado». Me senté de frente a él, y lo primero que me preguntó fue como me sentía del brazo.

—Su mamá etá enfelma —me dijo—. Su padre vino y le infolmamo que uté etaba recluido en el calabozo y le eplicamo.

Le pregunte qué problema había tenido la vieja mía.

—Le vamo a dal pase. Tre dia. Cuídese la herida.

—¿Puedo retirarme? —le pregunté porque no me mandaba a irme.

—No. Quería preguntale algo. ¿Por qué no quiere ir a Angola?

—Por la vieja. Es alcohólica. Solo me tiene a mí.

Se me quedó mirando. Me miraba con una cosa, así como queriendo decirme algo que no podía decir, y nunca pude saber.

—Uté podía ser militar.

—Nunca lo he pensado —le dije.

—Etá a tiempo. Puede retiralse.

Yo creo que a aquel hombre yo le caía bien. No, no me parecía maricón. Le gustaba mi forma de ser. No sé, creo que porque yo no estaba comiendo tanta mierda como los demás.

La vieja había tenido un no sé qué de azúcar. Se había desmayado y cuando la llevaron al hospital no contaban con ella. La fui a ver. Estaba como ida, con un suero puesto. Hablamos algo. El viejo me dijo que el médico iba a hablar con ella para que hiciera un tratamiento, pero tenía que estar dispuesta a dejar de beber, si no era como si nada. Creí que con aquel susto lo iba a hacer.

El viejo y yo salimos del hospital. Me dijo de tomarnos una cerveza en un parque que había por allí. Y cuando nos sentamos que yo pensé que íbamos a hablar, empezó a llorar. Le pregunté qué le pasaba, pero no me explicó. Tenía que ser por lo de la vieja. Ya ellos no eran marido y mujer, pero la quería y tenía que dolerle verla vivir así.

Yo no conversé mucho con los viejos. ¿Tú sabes que me pongo a pensar y no me acuerdo que habláramos de la vida o cosas así? Tal vez como yo siempre estaba en la calle, no tuve tiempo. Yo nunca había pensado en eso. La vieja, el viejo y yo vivíamos juntos, pero estábamos lejos. Cada cual vivía a su manera. No comíamos juntos. Creo que nunca nos sentamos a hablar un rato los tres.

Aproveché que era martes y que todavía estaba de pase para llamar a Olivia. Me dijo por teléfono, bajito, que en ese momento no podía hablar conmigo, que la esperara a las dos en el Carmelo.

—No he sabido de ti hace muchos días —me dijo. Le enseñé la herida del brazo. Me pregunto qué era eso.

—Tuve que fajarme en la unidad, me cortaron y me dieron esos puntos.

—Pero no me has respondido. ¿Por qué no me llamaste?

—Me metieron quince días en el calabozo. ¿Cómo iba a llamarte?

—¿Con quién te fajaste?

Iba a decirle que con unos hijos de puta, pero me aguanté la lengua y le dije que con unos abusadores que se las daban de mandantes en el albergue, y le habían echado mierda en la cama a un socio mío.

—¿Y esas cosas pasan allí? —me preguntó.

—Esas y otras.

—Dios mío. Un día van a matarse.

—Donde hay hombres pasan esas cosas. Lo que uno tiene es que darse a su lugar. ¿A dónde vamos?

—Ramiro está de viaje. Podemos ir al cine. Es un lugar donde podemos conversar, aunque tampoco es seguro.

Entramos al cine de 23 y 12. Quise pagar, pero ella no me dejó. Estaban poniendo una película rusa. El cine estaba casi vacío. Desde que nos sentamos le cogí la mano, pero ella me la quitó.

—Creo que vas muy apurado —me dijo—. Eres demasiado temperamental.

—A mí lo que no me gusta es perder el tiempo.

—Conversar no es perder el tiempo.

¿Pero qué más había que conversar? Yo creía que ya lo habíamos hablado todo.

—Podemos conversar con las manos cogidas —le dije, y se la volví a coger.

—Aunque te pongas bravo, tengo que volver a decirte que eres un muchacho.

—Pero te gusta el muchacho.

—Eso lo has dicho tú.

—No me importa. Mira, ya tenemos las manos cogidas —le dije.

Ella se echó a reír. La película era un batido de clavos. Se lo dije y me respondió que había películas rusas muy buenas. A mí eso no me importó. Me eché más hacia el lado de ella, casi con mi cara pegada a la suya.

—Me gustas mucho —le dije—. ¿Cuándo vamos a hacerlo?

—Cuando se pueda.

—¿No se puede hoy?

—No.

—Mira como me tienes —le dije, y le puse la mano ahí. ¿Qué te parece?

—Muy bien. De pronto así creí que era un animal — me dijo.

Nos dimos unos besos.

—¿Dónde está Ramiro? —le dije.

—En Camagüey. Fue unos días a trabajar allá.

—¿Qué cosa es? ¿Lo mismo que tú?

—No, es ingeniero, un gran profesional. Fue a supervisar unas obras que se están haciendo allá.

Le pregunté si tenían hijos. Me respondió que por el momento no los quería tener porque iba a trabajar unos años y después ya vería.

Volvimos a besarnos. Me dijo que la besara despacio. Bajé la mano, empecé a acariciarle el muslo hasta que le metí un dedo. Lo tenía muy mojado y caliente. Le pregunté si le gustaba que se lo tocara así suavecito, pero seguía mirando a la pantalla del cine.

Ya ella había pasado a otro mundo. Se olvidó del cine, de Ramiro y de que yo era un muchacho. Cuando se vino le dio unos temblores. Le pregunté si estaba bien; pero tampoco me respondió. Estuvo un rato sin hablar. De pronto me dijo:

—Vamos.

—¿Cómo que vamos?

—¿Qué hora es?

—Qué sé yo, no tengo reloj —le dije.

Miró la hora en el de ella.

—No puedo llegar tarde a la casa.

—Ramiro no está.

—Pero puede llamar. Sabe a la hora que llego a la casa y ayer no me llamó ni hoy lo hizo tampoco a mi trabajo. Está al llamar, si es que ya no llamó.

—Está bien, nos vamos; pero no puedo quedarme así.

—¿Cómo así?

—Así, caliente y con dolor. Me duelen los huevos de tanto aguantar.

—No podemos hacer más. Nos veremos otro día en otro lugar.

—No —le dije, me abrí la portañuela y me la saqué.

—Te tienes que controlar.

—¿Después que te descontrolaste tú? No, yo tengo que apagar este volcán.

13

Me acostumbré al servicio militar como uno se acostumbra a todo. La única persona que no se acostumbró a la vida fue mi madre después de perder a mi hermano Mario. Le cogí el golpe al servicio. También entraron dos nuevos llamados y ya no éramos novatos; conocíamos todas las maldades para sobrellevar el día a día del servicio. Lo que no se podía dejar de cumplir era la guardia que tocaba cada tres días. Entre una guardia y otra, pasábamos el tiempo en algo. De vez en cuando nos mandaban a chapear o algo así. Otras veces el sargento nos leía el periódico *Granma* para que opináramos sobre algunas noticias. Las clases de política y lo del periódico lo hacíamos debajo de una ceiba que todavía está donde se hace el cañonazo de las nueve. A mí esos teques me daban sueño. No puedo soportar que me hablen y me hablen de una misma cosa y menos de lo que no me importa. Era como en las clases de la secundaria, que mientras el profesor explicaba, mi cabeza estaba en otra parte.

Los pases de lista para nosotros los que llevábamos allí ya más de un año, no eran tan seguidos. Uno por la mañana y otro antes de acostarnos. A veces el oficial de guardia era un sargento o un teniente renganchista y cuadrábamos con él para fugarnos y que no nos pusiera ausentes. Al pase de lista que no se podía faltar era al de por la mañana, donde siempre estaba el jefe de la compañía.

Me citaron al juicio del que me había herido el brazo. No me gustó tener que presentarme en la sala del tribunal militar, pero tenía que hacerlo. La primera vez el fiscal me pidió que explicara como habían sido los hechos. Le dije la verdad. Después me mandaron a salir de la sala. Luego volví a entrar, y cuando declaré fue para responder si yo sabía que el que me hirió me había amenazado a mí o a otros con arma blanca o su fusil. Dije que no, aunque yo sabía que ese que me hirió tenía una navaja. Le echaron dos años.

Después de la bronca aquella Silvió y yo volvimos a tratarnos. Algunas veces que nos daban pase el mismo día, me lo llevaba conmigo y andábamos por el barrio, comía en mi casa y dormía en mi cuartico de la azotea.

En uno de esos pases lo llevé a que conociera a una mulata divorciada que se llamaba María; pero después que estuvo varios días con él, María lo dejó. Le pregunté por qué había terminado con Silvio tan rápido, y me dijo que hablaba más que el carajo, que era tremendo mentiroso; que le contó que se había robado un barco, y que de la única manera que quería templársela era por el culo.

—Silvio, Silvio —le dije—, tú siempre hablas de más. Tenías que haberte ganado a la mulata.

¿Y sabes lo que me dijo? Que María era tremenda cochina, como si él fuera tan limpio.

No tenía remedio. Había que dejarlo. Seguía con la matraquilla de ir a la guerra de Angola, y no paró hasta hacer el papelazo de presentarse al coronel que dirigía la unidad para pedirle que intercediera por él en la comisión de selección. Le pregunté qué le dijo el coronel, y me contó que lo mandó a afeitarse bien.

—¿Nada más que eso te dijo?

—Y que iba a ver lo de mi disposición para ir a Angola, y me tomó el nombre y me preguntó a qué pelotón de la compañía de seguridad yo pertenecía.

—Qué comemierda eres —le dije—. Con la pinta de loco esa que tú tienes, eso fue para mandar que te quiten de la lista. Ahora cualquiera irá a Angola menos tú.

—Baah, tú vas a ver que me escogen.

Era tan… ajá, ingenuo, que se lo creía. Se lo creía todo: que iba a ir a la guerra y destacarse en una operación y lo harían héroe de la República; que se iba a casar con una mujer muy bonita y le darían un carro… Cuando yo estaba para el paso le seguía la rima; cuando no, le decía que no estaba para oír mierdas, y se recogía conmigo porque él sabía que yo tengo malas pulgas.

Un vecino le avisó por teléfono que el viejito con el que él había vivido murió, y le dieron pase. Fue a la funeraria y al cementerio. Cuando regresó estaba muy triste. Nos fuimos al muro de La cabaña y llorando me hizo todo el cuento de como el viejo y él se habían conocido de verdad.

Cuando la abuela botó a Silvio de la casa, él se fue a vivir con unos amigos en Guanabo, y se tiró a la bebida y a la marihuana. Esos tipos usaban la casa para relajo. Iban dos tortilleras y ellos invitaban a varios hombres, sobre todo viejos con dinero, que las miraban desnudas hacer cosas y luego se las templaban. Los dueños de la casa ganaban mucho dinero con eso. Tenían paredes con espejos, y había luces de varios colores. La gente se sentaba alrededor del colchón, y los dos dueños de la casa vendían tragos y cervezas, y había quien se fumaba su marihuana.

Los viejos se ponían como locos. Pagaban por hacerles cosas a las tortilleras. Todo tenía un precio: desde tocarles las tetas hasta templárselas.

Silvio cogió miedo, porque sabía que en cualquier momento la policía iba a aparecerse allí. Y un día recogió la poca ropa que tenía, la metió en su mochila, y se fue. Por el día se la pasaba dando vueltas por La Habana. Por la noche dormía en la terminal de trenes. Como casi no comía, se desmayó en la calle. Un hombre lo recogió y lo sentó en el banco de un parque.

El viejito estaba sentado en el parque. Lo había visto todo. Empezaron a conversar y lo llevé a su casa para darle de comer. Le hizo una sopa, hablaron un rato y Silvio se fue. Volvió a dormir en la terminal. Pero a la otra noche, el viejito fue a la terminal, lo vio y se lo llevó a vivir con él. Como le habían robado varias veces, tenía miedo de que un día lo fueran a matar. Silvio lo podía acompañar. Se llevaron muy bien. Silvio sabía cocinar; lavaba la ropa del vejo y limpiaba la casa, y la pintó con una pintura que compró del dinero de las ventas de café, porque vendía café en granos que un hombre traía de Oriente y que él había conocido en la terminal de trenes.

Vivieron casi tres años juntos, hasta que lo llamó el servicio militar; y después tú sabes lo que pasó con esa pariente que apareció de pronto y aprovechó que el viejito estaba solo y enfermo para sacar a Silvio de la casa, después que él se había jodido tanto con el viejo.

Silvio me dijo que lo único que él no veía bien del viejo era que le había hecho testamento a esa mujer, y que a la hora del cuajo no lo tuvo en cuenta a él; pero yo le dije que seguro habían manipulado al viejo, y como él dependía de esa mujer y ya casi no tenía fuerzas para vivir, cometió ese error.

Después de todo Silvio era un guanajo, más royo que película. Y todo eso, más la vida que había llevado, lo fue poniendo mal.

A principios de diciembre me dijo que cuando llegara el día diecisiete quería que yo lo acompañara al Rincón para hacerle una promesa a San Lázaro, porque se sentía mal y a veces pensaba que iba a volverse loco. Por las noches no dormía y se la pasaba pensando boberías. Me dijo que cuando se acostaba tenía miedo cerrar los ojos porque veía caras de gente deformadas y como si se cayera en un abismo. Un día estaba muy alegre y otro con deseos de irse lejos, solo, para pensar y llorar. A veces se cogía miedo porque le venía la idea de tirarse de la parte más alta de La Cabaña, y así acabar con toda la mierda que tenía en la cabeza que era más fuerte que él.

Le dije que yo no creía ni en mí mismo, pero iba a acompañarlo al Rincón. Sacamos la cuenta y el diecisiete no le tocaba hacer guardia al pelotón, y hablamos con el sargento para que ese día nos diera un pase de doce horas. El sargento nos dijo que no había problemas, que la madre de él también iba todos los diecisiete de diciembre al Rincón para pagarle una promesa a San Lázaro que había hecho por él cuando chiquito.

Por esos días, en una fuga, Silvio conoció a una muchacha en la estación del tren de Casa Blanca. Se puso a hablar con ella y se cogió con la *jeva* que parecía una gallina sacada. No hacía más que hablar de la chiquita; que si tenía casa en no sé qué pueblo y se iban a casar pronto; que estaba buenísima y cogidísima con él. No sé, parece que no era un buen palo, qué se yo, porque a la semana ella lo botó, y él se puso muy mal. Tan mal que no comía y estaba tirado en la cama todo el tiempo.

Se lo dije al sargento, y me dijo que Silvio era así, pero que iba a hablar con el jefe de la compañía para que le dieran un turno para el médico.

Pues como dos o tres días antes de ir al Rincón, nos dieron los fusiles para limpiarlos. Estaba todo el pelotón sentado alrededor de la ceiba limpiando los fusiles, cuando Silvio se paró, le puso un cargador al fusil y dijo:

—Si no me llevan a Angola, me voy a matar.

El sargento le dijo que esas no eran formas de jugar. Silvio le respondió que él no estaba jugando y le apuntó al sargento con la AK-M. El sargento se apendejó.

—Deme el fusil, soldado, o le voy a poner una corrección.

—La corrección me la vas a poner en la pinga —gritó Silvió y rastrilló el fusil—. Ahora mismo la voy a formar, maricones, ustedes verán —dijo y se mandó a correr para la parte más alta de La cabaña.

El jefe de la compañía no estaba. El que estaba al frente de la compañía era el sargento, que se fue corriendo para llamar por teléfono al oficial de guardia de la unidad para darle parte de la situación.

Aquello fue tremendo. Todo el mundo se apendejó. La gente corriendo para los albergues y empezaron a cerrar las puertas porque tenían miedo de que Silvio arrasara con el fusil. Cuando vi que me quedé solo allí, en la ceiba, pensé que no se podía dejar a Silvio así mientras habían ido a avisarle al oficial de guardia. Había que entretenerlo para que no hiciera una locura, porque adonde él había ido estaba el polvorín, y si tiraba un tiro allí aquello podía explotar, y me fui corriendo hasta allá.

Cuando me vio llegar se subió en el muro y me dijo que no me acercara a él porque me iba a disparar. Estábamos en la parte más alta de La cabaña, en la punta donde hay una garita que hace esquina. Yo quedaba un poco debajo de él parado en un pasillo muy estrecho que es como un alero, y del otro lado había más de cincuenta metros de altura. Si daba un mal paso o se desprendía un pedazo de aquel pasillo tan viejo, caía y me mataba.

—No camines más —me dijo Silvio.

—Dame ese fusil —le dije.

—No me voy a entregar.

—Déjate de boberías y baja de ahí y dame el fusil.

—Si te sigues acercando te voy a tirar.

Me di cuenta que estaba hablando en serio y me eché un poco para atrás para que no me disparara, porque lo iba a hacer.

—Fíjate —le dije—. Óyeme bien. Lo que estás haciendo es una niñería.

—¿Niñería? Me voy a matar.

Pensé que había que seguirle un poco la corriente a ver si podía sacarlo de allí.

—¿Por qué te vas a matar? ¿Porque no te han llamado para lo de Angola? Bah, en cualquier momento te llaman.

—Que se vaya Angola al carajo. Quiero matarme y ya.

Y rastrilló el fusil. Había puesto una bala en el directo y levantó el fusil y se puso la boca del cañón en el cuello. Cuando vi aquello sentí tremenda frialdad en el pecho.

—Vamos a hablar —le dije.

—No, no quiero hablar.

—Pero antes óyeme lo que te tengo que decir.

—¿Qué me vas a decir?

—Una cosa muy importante.

Se quedó callado. Pensé que iba a bajar del muro, pero de pronto dijo:

—No, no me importa nada, todo me aburre, hasta tú.

—Óyeme bien; quítate el fusil del cuello, se te va a ir el tiro. Yo soy tu amigo de verdad.

—No hay nada, ni amigo ni nada, no me importa nada…

—Oye —le dije viendo que la cosa iba en serio—, sea como sea, la vida vale la pena.

—Mentiras tuyas, tú dices que la vida es una mierda, tú dices que la vida no es una cosa seria… No me vengas ahora con otro cuento.

Y se disparó debajo de la boca. El tiro lo hizo del otro lado del muro. Subí al muro. Estaba dando brincos allá abajo, en un yerbazal. Cuando lo vi tinto en sangre, creí que iba a volverme loco.

14

Después que pasan esas cosas, uno se pone a pensar: «*Quién sabe, si hubiera tratado a Silvio un poco mejor, porque él se refugiaba mucho en mí, si todavía estuviera vivo*».

Es malo que a uno le queden esas cosas dando vueltas en la cabeza. Yo estaba cargando con esa muerte, y cuando me acostaba con Olivia no podía concentrarme. Ella me preguntaba qué me pasaba y yo le decía que nada. No quería contarle que me sentía un poco culpable de la muerte de Silvio. Pero ella no era boba. Al ver que yo no reaccionaba como hombre con ella, me preguntó si ya ella no me gustaba, y le conté la verdad.

Qué *labia* tenía esa *jeva*. Me dio una *muela* que ese mismo día pude estar con ella.

Empecé a soñar casi todos los días con Silvio. Ninguno de los sueños eran malos sino que estábamos jodiendo. Uno de los sueños era en un río. Silvio y yo nos dejábamos arrastrar por la corriente hasta llegar al mar, y en el mar nos poníamos a nadar, y él me decía alejándose de mí: hasta Miami no paro, y se me perdía de vista.

Mi relación con Olivia cogió una fuerza de madre. Poco a poco me ayudó a quitarme de la cabeza a Silvio; aunque a veces veía la cama donde él dormía en el albergue, y me acordaba del momento aquel cuando lo vi volarse la tapa de los sesos.

Cada vez que el marido de Olivia viajaba a alguna provincia por su trabajo, aprovechábamos para estar. Un amigo mío me prestaba su casa. Olivia me daba unas *muelas* como las que me bajaba Manuel, aunque a mí también me cuadraban. Le hablé de Manuel. Yo quería que un día se conocieran; pero creo que a Manuel no le iba a simpatizar Olivia, a pesar de que a los dos les gustaba mucho leer.

Olivia y yo nos pasábamos desde la mañana hasta las tres de la tarde en la casa de mi socio. Ella me decía que yo me parecía a un personaje de una novela, un muchacho que estaba con una mujer un poco mayor que él. Era más o menos de mi edad. El marido de la mujer estaba en la guerra, y el muchacho se enamoró de esa *jeva* y estuvieron, hasta que su marido regresó y todo se acabó entre el muchacho y ella. El muchacho no quería terminar la relación. Trató se seguir viendo a la mujer; pero la *jeva* le dijo que todo se había acabado, que ella quería seguir con su marido porque estaba enamorada de él; pero el chamaco no podía olvidarla. Tremendo drama.

Olivia me prestó el libro, pero cada vez que empezaba a leerlo me entraba un sueño de madre. El libro no tenía muchas páginas. De verdad que quise leerlo. Cada vez que nos encontrábamos me preguntaba:

—¿Ya lo leíste?

Yo le decía que todavía. Entonces me preguntaba por qué página lo llevaba, y yo le decía un día que por la veinte, y otro por la treinta y seis, y así iba aumentando hasta que una vez le dije que lo había terminado, y se lo devolví. Enseguida fue a prestarme otro libro, pero le dije que suave, que a mí me costaba mucho leer, que ese lo había leído porque la historia esa se parecía un poco a la de nosotros, y que no iba a leer ninguno más.

A veces, después que terminábamos de estar, se ponía un poco rara, y hablaba de su matrimonio. Yo no entiendo a las mujeres. Me decía que estaba enamorada de Ramiro porque era un tipo muy inteligente, y que le gustaba, pero le dolía engañarlo. Eso me encabronaba un poco, aunque no le decía nada. Coño, si estás enamorada y te gusta, ¿por qué te vas con otro a la cama? Hasta un día lloró y todo. Entonces yo me levanté de la cama, empecé a vestirme y se me quedó mirando, pero sin decirme nada; salí del cuarto, abrí la puerta y me fui. Cuando yo estaba no sé a cuántas cuadras, me acordé que la había dejado sola en el apartamento del socio. Iba a virar, pero pensé: «Bah, *que se quede allí, ella sabe salir*». Y seguí caminando; pero como a los quince minutos por ahí, pensé que se iba a poner muy brava por haberla dejado, y regresé. Todavía estaba en la cama, sentada, dándose lija en las uñas. Le pregunté por qué no se había ido, y me dijo que sabía que yo iba a regresar.

Creo que me *cogí* con esa mujer. Me *cogí* porque cuando me hablaba de Ramiro, me molestaba, y a mí nunca me picaban los maridos o los novios de mis mujeres, y porque no hacía otra cosa que pensar en ella.

—No me hables más de tu marido —le dije—. Yo no te hablo de ninguna de las mujeres que he tenido.

—Es diferente.

—Es igual. Si no te hablo de mujeres, no me hables tú de machos.

Olivia sabía mucho de libros, pero era como cualquier mujer. Creo que le gustaba verme celoso para que después le echara un palo salvaje. Era verdad que quería a su marido, pero a esa edad yo no entendía que una mujer puede querer a un hombre y desear a otro.

El amor no tiene pies ni cabeza. Es como si uno se volviera medio loco. Yo perdí un poco la cabeza con ella. Hasta le oía las *trovas*…. Trovas de la vida y de libros y lo que a ella le diera la gana de hablarme… Siempre me contaba alguna historia que había leído, y ni yo mismo sabía por qué le daba oreja. Lo mismo que a Manuel. Han sido los únicos a los que les he aguantado trovas que ni entiendo, pero que, oyéndolos, aprendía algo, aunque no hubiera podido explicarlo.

Hubo un momento en que los dos nos *cogimos* muchísimo. Fíjate como fue la cosa que llegué a decirle que se divorciara y ella se quedó como en veremos. Pero ella me decía, y con el tiempo lo entendí, que los amantes no deben casarse. Si funcionan bien y luego se casan, la relación ya no es la misma.

Me costó meterme en la cabeza que Ramiro tenía que ser su marido y yo el amante, y que una cosa era el matrimonio y otra lo de nosotros dos. Era mejor así. Me puse a pensar que, si nos veíamos todos los días y vivíamos juntos, me aburriría, porque lo mismo me cansa. Así que lo mejor era dejar las cosas como estaban.

Cuando cumplimos seis meses, los dos nos fuimos al bosque de La Habana para celebrarlos solos. Olivia hizo una panetela y yo compré una botella de vino tinto. Nos sentamos bajo una mata a la orilla de ese rio sucio y apestoso, y pasamos un rato.

—Estoy loca —me dijo—. Mira adonde he venido contigo.

Con el cuento y la jarana ya llevaba dos años y medio en el servicio. Seguía haciendo lo mismo: guardias cada tres días y si no me daban pase, me lo daba yo.

Iba poco a la casa, y cuando lo hacía era para ver a los viejos. No me daba tiempo de visitar a los socios porque si Ramiro estaba de viaje, me citaba con Olivia; y si no, la esperaba a que saliera del trabajo para vernos un rato en el parquecito que estaba frente al Carmelo. Ella me decía que eso era una locura, pero lo hacía.

Después que la vieja pasó aquel susto que por nada se muere, estuvo sin beber algunos meses. Volvió a sus negocios de tela y ropa hasta que cayó en la tomadera. Para serte franco, ya a mí eso ni me iba ni me venía. Así era como ella había escogido vivir.

La vida en el barrio seguía igual. Cada cual luchando lo suyo. Porque la vida es como una lucha, lucha por alcanzar lo que deseas de la vida.

Cara Triste cayó preso por templarse a una muchacha menor de edad; le echaron tres años. La madre dio un giro en redondo. Se casó con un tipo que vivía del negocio, y el comunismo se le fue pal´culo. Empezó a arreglar la casa que hasta aire acondicionado puso. La hija se juntó con un viejo de Guanabacoa con dinero y carro que la tenía como una reina. El único que seguía siendo el mismo era Pata de rana, trabajando en la terminal de guaguas y después tocando puertas para anunciarle el reino de Dios a la gente.

Después de la mierda que me hizo de no prestarme el dinero que me faltaba para pagar la deuda que tuve por el parlé aquel del carnicero que se me olvidó pasar a la lista, Cirilo y yo nos habíamos alejado bastante. Un día nos encontramos en la esquina de la cuadra y nos pusimos a hablar, y me propuso un negocio de venta de marihuana. Le dije que yo estaba en el servicio y que no tenía tiempo para eso. Y en un momento de la conversación me preguntó qué me pasaba con él. Iba a decirle que era un descarao, pero una vez más me aguanté. Le dije que nada, que el servicio y una *jeva* que tenía me llevaban de la mano y corriendo.

Aurelia la santera murió barriendo el portal de su casa. La presidenta del Comité seguía siendo un cincuenta por ciento comunista y el otro cincuenta delincuente. En su casa había un cuarto que era un almacén de cosas para vender al por mayor a la gente.

Si tú supieras que yo sigo soñando con el barrio. Parece que como llevo aquí más de un año encerrado, el barrio se me cuela en los sueños.

Hace unos días, lo recuerdo clarito, soñé que tocaban una alarma que despertó a los vecinos. En el sueño mi hermano Mario estaba vivo porque éramos chiquitos, y me decía que eran los americanos que habían invadido. Nos escondimos en el baño, y de pronto se abrió la puerta y vimos a Pata de rana que nos decía que la alarma era para avisar que el mundo iba a acabarse. Se metió en el baño con nosotros, cerró la puerta, apagó la luz y se sentó en el suelo entre Mario y yo.

—¿Ustedes sienten miedo? —dijo Pata de rana—. Pues yo no porque creo en Dios, pero ustedes no. El que cree en Dios no siente miedo, y menos por el fin del mundo que es lo mejor que pudiera sucedernos.

Diciéndonos eso, le di un empujón con el hombro que lo eché pa'rriba de Mario; y Mario pa'rriba de mí, y así lo tuvimos un rato cogiéndolo pal´trajín, hasta que se oyó una explosión y salimos corriendo; y en vez de encontrarnos con la otra parte de mi casa, lo que había eran casas destruidas por la guerra y mucha gente muerta entre la candela y el humo.

Después Mario se me fue del sueño, y Pata de rana y yo estábamos caminando por los escombros entre los muertos, y vi a Manuel bocarriba y con los ojos abiertos, y cuando me paré frente a él, me dijo con la voz en un hilo:

—Me mataron.

Lo cargué y me fui corriendo con él para ver si alguien por ahí podía curarlo. Salí del barrio donde había mucho humo saliendo de los escombros, y me encontré con un campo abierto. Yo corría y corría con Manuel cargado, y mientras más pata daba, más campo había. Era como si el mismo lugar creciera delante o estuviéramos en el mismo lugar, qué se yo. Eso me desesperaba porque para mí no adelantábamos nada, aunque yo corriera.

Estuve con Manuel arriba hasta que se hizo de noche. Había tremenda luna. Lo puse en el suelo y me senté al lado de él. Había corrido cantidad, pero no estaba cansado. Manuel me dijo que sentía frío. Me quité la camisa y se la eché por arriba. Me dijo que seguía sintiendo frío y me quité el pantalón y le metí los brazos por dentro de las patas del pantalón para abrigarlo.

Me quedé medio en cuero. Manuel tenía los ojos cerrados y temblaba. Y yo me puse a mirar a lo lejos y vi a Amanda cada vez más cerca, que venía desnuda, y cuando llegó frente a mí, nos abrazamos, y pensé templármela, pero miré a Manuel que estaba acostado allí, y me contuve.

—¿No me vas a tener? —me dijo Amanda.

—Tengo ahí jodido a Manuel.

—Déjalo —me dijo mordiéndose los labios y apretándose las tetas.

Pero no podía dejar a Manuel, aunque lo que hubiera querido era templarme a Amanda. Creía que de verdad se había muerto. Lo miré; cogí el pantalón y la camisa con que lo había abrigado y me vestí; volví a mirarlo como se hace con un muerto por última vez, lo cargué y empecé a caminar con él por aquel campo abierto sin matas ni nada, hasta que la tierra se hizo arena y vi la orilla de una playa; entré en el mar hasta la cintura, lo puse a flotar y se fue despacio como un bote cuando le dan un empujón y se lo lleva la corriente, y me senté a verlo hasta que se perdió.

Cuando desperté, todavía la gente dormía en la galera. El sueño ese era tan fuerte que seguía estando conmigo despierto. Todo eso de Manuel parecía tanta verdad, que tuve que ir al baño, mear y echarme agua en la cara.

Otras de las cosas nuevas del barrio era que la hermana de Lucrecio se murió, y el metió en la casa a una negra y empezó a andar más con el cojo auxiliar de la policía. Aquel cojo era tremendo tipo. Los dos hacían un dúo perfecto para producir hijeputerias en cantidades industriales.

Desde que entré al servicio casi nunca tenía dinero. Me pagaban siete pesos mensuales. El viejo me daba algo, pero eso ni para empezar me alcanzaba. No podía buscarme el dinero con un negocio porque no tenía tiempo, si no, me lo hubiera ganado hasta vendiendo melcochas. Al principio me jodía estar pelao. Yo siempre tuve dinero, lo menos mil pesos; pero ahora tenía que joderme hasta que saliera del servicio.

Cuando Olivia y yo salíamos, era ella la que pagaba. Las primeras veces me dio pena. No estaba acostumbrado a eso. Me dijo que me dejara de esa bobería, que ella sabía que yo no podía. Me sentía mal, acomplejado. Después, cuando nos fuimos conociendo, me relajé con el tema del dinero.

Del pelotón de nosotros escogieron a cuatro para ir a Angola, pero uno de ellos a última hora dijo que no y lo regresaron a la unidad. De los tres que se fueron, a los dos meses de estar allá mataron a uno, y al que se había rajado le dije:

—Ese muerto podías haber sido tú.

—Ese podía ser cualquiera —me dijo.

Le pregunté por qué no fue a Angola. Su mamá se lo había pedido. Él le dijo que ya había dado su palabra; pero a la madre le dio un ataque que se la llevaron para el médico. El padre le pidió que *tumbara* eso, que si a él le pasaba algo en la guerra, la madre se iba a morir en vida y que ya nadie en la familia iba a ser feliz.

En la compañía la cogieron con que cada mañana había que oír en el matutino lo que aparecía de la guerra de Angola en el periódico. A mí no me interesaba como no me interesaba nada del periódico, pero por lo que oía parecía que aquello estaba en llamas. A veces, oyendo eso, pensaba en Silvio. Con lo atolondrado que era lo hubieran matado.

Cada vez que me ponía a caminar por La cabaña y me acercaba al lugar donde Silvio se mató, me parecía verlo como se disparó en la cabeza, cuando los sesos le salieron con un chorro de sangre y se cayó de un brinco para el otro lado.

Medio loco, así como Silvio había un muchacho que le daban ataques de esos que temblaba y echaba espuma por la boca, ajá, epilepsia. A veces miraba a uno fijo que parecía que estaba pensando matarte. Lo tenían allí como cuartelero y no acababan de darle la baja. Ese tipo era un filtro. Jugaba un ajedrez que dejaba frito a cualquiera. Ponían el tablero arriba de una cama frente al que iba a jugar con él, y él se acostaba bocarriba como a cuatro o cinco camas del tablero, y desde allá le iba diciendo a otro que le movía las piezas, la jugada que tenía que hacer cuando el contrario había hecho su jugada. A veces, para joderlo, uno de nosotros le ponía en otra casilla una pieza y el tipo se daba cuenta de que se la habían movido. Tenía todo el juego en la cabeza sin ver el tablero.

Pues yo me fui y al chamaco ese no le habían dado la baja. Era tranquilo. No lo dejaban coger el fusil ni hacía guardias, pero estaba enfermo y lo tenían allí.

Durante mucho tiempo no vi más al preso aquel gordo que recogía la basura en un carrito por los alrededores del penal. Yo lo buscaba por las mañanas y no lo veía. Llegué a creer que le habían dado la libertad condicional. Entonces me lo encontré una tarde que venía en la cama de un camión entrando por el arco ese que hay en La cabaña, antes de la entrada del presidio. Se bajó y nos abrazamos. .

—Yo creí que te habían dado la condicional —le dije.

—Ná, me cambiaron de trabajo. Ahora estoy en la cocina. ¿Y tú qué?

—Ahí, mirando la vida pasar. ¿Y cuándo sales?

—Pronto, ¿pero quieres que te diga una cosa? He pasado tantos años aquí, que me acostumbré.

—No jodas. La calle es la calle, aunque esté mala. ¿Cómo que no te quieres ir? Vuelves a hacer tu vida otra vez.

—Eso de hacer la vida está bueno para ti. Ya yo terminé —me dijo.

—Uno termina cuando se muere.

—Ná. Yo soy ya un muerto vivo.

—Ese es el ochenta y ocho en la charada —le dije.

—Y ese soy yo también.

Yo creo que sentía miedo encontrarse con sus hijos después que le había matado a su madre. Eso sí es del carajo, ¿tú ves? ¿Qué problema resolvió con eso? Meterse en otro peor. Yo cojo a mi *jeva* encuera dando cintura arriba de un tipo y le doy la espalda y me voy. ¿Matarla? No. ¿Le gusta otro? ¿Ya no le gusto? Me busco otra.

Por problemas con mujeres aquí hay un montón de hombres. Decía Pata de rana que la maldición del hombre por culpa de la mujer está en la *Biblia* desde Adán y Eva. Yo creo que por eso no tenía ninguna mujer.

¿Yo machista? ¿Porque digo eso? No jodas. Tú sabes que la mujer es un bicho. Yo me pongo a pensar en las que tuve creyendo que fui un tipo duro, y al final todas me comieron por su entrepiernas. Nacimos y nos morimos por ese jodío hueco. Total, yo que pensaba que no podía vivir sin ellas, llevo aquí casi dos años y no me he muerto. Uno se acostumbra a todo. Ni las extraño. Creo que si salgo, no me interesan como antes. Si salgo vivo, porque en una cárcel nunca se sabe.

15

Lo de Olivia y yo iba a las mil maravillas. Ramiro seguía saliendo de viaje y nosotros aprovechábamos para estar en la casa de mi socio. Después de estar varias horas con ella, porque a esa edad yo daba tremenda *cabilla*, todavía a ella le quedaban fuerzas y me hacía una de las historias que se sabía de los libros. Las contaba que parecía una película.

—No sé qué tengo que ver yo contigo. No te has leído ni un cuento de *La edad de oro* —me decía.

—Pues sí —le dije—. Me sé el de Meñique. ¿Quieres que te lo haga completo?

—Dale.

—Bueno, cierra los ojos.

Y le metí el dedo meñique completo en la boca.

—¿No te has leído ni una novelita de esas de vaqueros que alquilan los guapos de tu barrio?

—En lo que esa gente leía novelitas, yo me buscaba el dinero. Eso es lo que manda en este mundo mierdero. Ahora no lo tengo porque estoy embarcado en el servicio, vistiendo ese verde olivo y ganando siete pesos. Pero cuando salga voy hacer mucho dinero.

—Tú has convertido el dinero en un dios.

—Es lo que cuenta.

—Y la inteligencia, la cultura —me decía.

—Con eso nadie come, ni se viste ni puede comprar una medicina.

Siempre estábamos discutiendo de eso. Pero Olivia no se vestía con ropa de unos pesos. Usaba tremendas *cobas*. La mantenía Ramiro, que viajaba, le traía cosas y ganaba buen billete. Yo no podía darle lo que Ramiro le conseguía, pero él tampoco lo que yo le daba. Esas son las mujeres.

Yo no te digo que estudiar y saber no sea bueno, ¿pero cuántos que han estudiado y saben cantidad no se están comiendo un cable? La vida es injusta. O no es que sea injusta. Es un juego. Al que le tocó, le tocó; al que no, se jodió. Así es la cosa.

Bueno, será como tú dices, filosofía callejera. Esa también hace falta. O son los años, que nadie vive por gusto. Está lo que se aprende en la escuela y lo que se aprende en la calle. Pero lo que se aprende en la escuela, no te sirve mucho para la calle.

Me dieron diez días de vacaciones. Yo no sabía bien lo que iba a hacer con tantos días.

Me fui a pescar con Manuel al río de San Matías. Cogimos un tren que nos dejó más lejos del río que el carajo. Tuvimos que caminar mucho por la línea. Manuel seguía con la *jevita* aquella que estudiaba música, pero caminando por la línea me contó que tenían problemas. Estuvieron peleados un tiempo, y después que volvieron, dice él que ya no era igual. Se querían y eso, pero no estaban enamorados. Se la pasaban hablando de eso: que si ya no estaban enamorados, pero iban a intentarlo. Los dos se bajaban tremendas trovas con esa matraca.

Me preguntó qué yo creía de ese problema de ellos. Milagro me lo preguntó porque él sabía que mi relación con las mujeres era muy diferente a la de él, y además yo no sé explicar esas cosas. Manuel es un tipo que ve la vida como si no estuviera en ella. Cuando chamaco se imaginaba la loma blanca de piedra que había al final del barrio como si fuera una cosa tremenda. Yo veía la loma de piedra como una loma cualquiera. A él le parecía una montaña con nieve, qué sé yo. Le encontraba una cosa así especial que yo nunca se la vi. Ajá, tenía gran imaginación. Y esa misma forma de ser hacía que viera a las *jevas* de una manera diferente a mí.

—¿Qué coño voy a decirte? —le dije—. A lo mejor si te aconsejo, te embarco, porque lo que funciona para uno, no tiene por qué funcionar para otros.

Pero me dijo que quería oír mi opinión.

—Mi opinión es que, en las cosas de un hombre y una mujer, nadie se debe meter.

—Pero qué te parece. ¿Tú crees que ella y yo podamos rescatar lo que se perdió en esa separación, o no? Tú has tenido muchas mujeres.

—Pero nunca cojo esa lucha como tú.

—Algo me puedes decir.

—Mira, eso que la gente dice amor, no va conmigo. A mí lo que me gusta es estar con las mujeres, no en ese *hableteo* bonito con ellas. Tú eres diferente. Vive con ella hasta donde eso dé. A lo mejor llega otra persona después y te cambia la vida.

Cuando empezamos a preparar las cosas para pescar, me dijo que se le había olvidado llevar la carnada.

—¡Cojones, Manuel! Estás comiendo mierda. Ese lío con la *jeva* te tiene bobo. ¿Tú sabes lo que es olvidar la carnada? ¿Entonces, a qué vinimos? Ahora no pasa otro tren hasta dentro de tres horas.

Se puso bravo y se fue a sentar debajo de una mata.

Las dos orillas del río tenían árboles. Tú mirabas el río y estaba dentro de un bosque de sombra. Me quité la ropa y me bañé en calzoncillos. El agua estaba muy fría.

—¿No te vas a tirar? —le dije—. Tenemos que matar el tiempo. Menos mal que trajimos algo de comida. ¿También se te olvidó la comida? Como me estás mirando así con esa cara, parece que la dejaste —seguí jodiéndolo. Me dijo que era la única cara que tenía.

—Pues yo tengo varias —le dije para seguir la jodedera—. Una cara para los hijoeputas como Lucrecio, y otras y otras como las caretas que se ponía Fantomas. Hay que tener muchas caras en la vida. Hay que cambiarse de cara como de ropa. ¿No te vas a bañar? Mira que el agua está riquísima. Dale, quítate la ropa y ven; no comas más mierda, viejo. Eres tremendo *berreao*.

Desde que empecé a contarte estas cosas, he pensado y pensado si decirte esto. Yo siempre supe que Manuel tenía su problemita; lo que nunca quise darme con él por enterado. Si le daba a entender que yo lo sabía, por principio no podía seguir andando con él. Era mejor que pareciera que no me daba cuenta. Cuando entre nosotros venía a la conversación algo de algún maricón y eso, yo le echaba con el rayo a los maricones para que él me cogiera miedo. Cuando estábamos solos y lo veía un poco... así conmigo, le decía con carácter:

—Oye, ¿qué cojones te pasa? Déjate de comer mierda que estás muy raro.

Pero creo que se dio cuenta de que yo sabía lo de él, aunque no se lo diera a entender. Era muy inteligente. A lo mejor creía que la guerra conmigo todavía él no la había perdido. Y aquel día en el río, no sé si es porque estábamos tan lejos del barrio y solos, cuando terminamos de comer debajo de una mata de aguacate y nos estábamos fumando un cigarro, así de pronto me dijo:

—Aunque yo sé que tú no lo entiendes y te vas a poner muy bravo, no puedo dejar de decírtelo.

Yo sabía la bomba que venía, pero me hice el que no entendía.

—¿Qué coño es, Manuel? No me vayas a decir algo que me encabrone.

Le eché un jarro de agua fría. No me dijo nada.

Sí, tienes razón. He cuidado mi amistad con Manuel más que todas las relaciones que tuve con cualquier mujer. Ahora es que vengo a darme cuenta de eso. Si él se hubiera tirado, lo hubiera parado. Pero él siempre fue, ¿cómo decirte?, ajá, muy precavido. Eso mismo es: siempre andaba por las ramas. Nunca se atrevió a llegar al tronco.

Llegó el día más duro. Olivia me dijo que estaba preñada de Ramiro y que lo de nosotros se había acabado.

—Tú decías que no querías tener hijo, que estabas puesta ahora para el trabajo.

—Pero me embaracé y no voy a sacármelo.

—¿Y después? —le dije.

—¿Después qué?

—Después, cuando hayas parido. ¿No podemos seguir?

—Esto fue todo. Ramiro es mi marido. Yo quiero hacer una familia con él.

—Pero a ti no te gusta. No estás enamorada de él.

—Yo nunca te dije que él no me gustara. También se puede convivir así con alguien y ser feliz. Todo no es la cama. Las personas tienen muchos matices.

Estuvimos un rato callados. Yo sentía que el mundo se me venía arriba.

—Entonces —le dije—: esto se acabó.

—Se acabó. Tiene que acabarse.

—¿No hay más vueltas?

—No las hay. Tú sabías que esto era hasta un día. Yo nunca pensé dejar a mi marido. ¿Alguna vez te dije que lo dejaría?

—Estabas muy metida conmigo. Yo sé que te gusto.

—Es verdad, pero una cosa no quita la otra.

—La verdad que no entiendo a las mujeres.

—No trates de entender nada. La vida es una cosa muy complicada.

—Está bien —le dije—. Se acabó, pero yo sé que yo te gusto más. ¿No es verdad?

Pero no me contestó. Me dijo adiós y se fue.

—Oye —le dije. Ella se viró—. Tú me dijiste un día que pasara lo que pasara, nunca íbamos a dejarnos de ver.

Pero tampoco me contestó. Se fue y yo me quedé como un comemierda mirándola hasta que dobló por la esquina y se perdió.

Esas son las mujeres. Te la sacan como el mago debajo de la manga.

Cuando llegué a la compañía, en vez de entrar al albergue, me senté en el muro de La cabaña y me puse a mirar La Habana. Me sentía como si tuviera un hueco oscuro por dentro. Nunca esperé que lo mío con Olivia terminara así. No me parecía verdad, sino una de esas historias que ella me contaba. Todo iba tan bien, que mientras más lo pensaba, menos lo creía… Pero aquí nadie sabe. Nadie puede estar seguro de nada. Solo de la muerte.

Estuve un montón de días sin deseos de hacer nada. Iba de allá para acá dando vueltas por la unidad. La gente hablando y jodiendo en el albergue y a mí todo me resbalaba. Cuando menos lo esperaba, me venía a la cabeza aquella conversación con Olivia; sobre todo cuando le dije: «¿No hay más vueltas?», y ella me respondió: *«No las hay»*.

Una noche bajé a Casa Blanca y me emborraché en una piloto. Salí de allí con todo dándome vueltas. Eran más de las doce de la noche. Me paré frente a la casa de Olivia. Estaba cerrada.

—Acabaste conmigo, so puta —dije frente a la puerta de su casa—. Me dejaste porque vas a tener un hijo del tarrúo ese. Pero yo sé que soy yo el que te gusta. Por eso no creo en ninguna de ustedes.

Fue un gran error mío hacer eso. Estaba arriesgando a Olivia. Pero en esas situaciones, se pierde la cabeza.

16

Llegó el relevo de mi llamado. Terminé el servicio. Habían pasado tres años. El tiempo más perdido de mi vida.

Mi último día en la unidad, fui al penal para saber del gordo que había matado a la mujer y despedirme de él, pero me dijeron que había muerto.

—¿Muerto? —dije sin creerlo, como si nadie se muriera—. ¿Cómo muerto?

Se ahorcó un día antes de que le dieran la condicional. Ese es el peso de la culpa.

Llegué a la casa. Parecía que los viejos estuvieran esperándome. Los encontré en la sala conversando.

—¿Qué vas a hacer ahora? —me preguntó la vieja.

—Conseguir trabajo —dijo el viejo.

—¿Conseguir qué? —dijo la vieja y se echó a reír—. A este no le gusta trabajar.

—Vamos a ver qué hago —dije—. Voy a cogerme unos días.

Bajando las escaleras del edificio, me encontré con Lucrecio, me dijo hola.

—Y qué —le dije y seguí bajando.

—¿Ya terminaste el servicio? —me dijo.

—Terminamos la relación, como los novios. Yo con el servicio y el servicio conmigo. Ya no nos queremos —le dije, y escupí en el suelo para que viera que lo que él valía para mí, era eso.

Parece que quiso comprobar si el servicio me había cambiado, y se jodió porque lo odié hasta el día de su muerte; y después, más allá de su muerte.

Yo no quería empezar a trabajar enseguida, pero me hacía falta dinero. También me hacía falta una *jeva*, y traté de volver a empatarme con Amanda. La llamé por teléfono y lo cogía cualquiera de su casa menos ella. Me puse a vigilarla para cuando pasara por la esquina de mi casa, hasta que la vi. Me dijo que venía de la universidad.

—Oye, se acabó —me dijo cuando empecé a descargarle mientras caminaba para su casa.

—Tú sabes que lo de nosotros es estar un rato alegre y ya.

—Ni rato alegre ni triste, Bobby. Pasé esa página. Pensé que tú también la habías pasado.

—Es que yo no puedo olvidarte.

—Pues yo sí. Es fácil olvidar. No pienses en mí.

—Pero te me metes en el pensamiento —le dije.

—Sácame como se saca una mosca cuando se mete en un plato con sopa —dijo y se fue.

No cogí más lucha con Amanda. Todo tiene su época. Las cosas empiezan y terminan. Esto es algo que uno tiene que entender.

Se me dio un negocito ahí de venta de ropa, pero lo que ganaba era una basura. Tenía que ir a buscar la mercancía, enseñársela a la gente y me metía tremendo tiempo en venderla.

Un socio mío que vivía del otro lado del muro del cementerio, me propuso ayudarlo a sacar restos de muertos para vendérselos a los paleros. Los pagaban muy bien, sobre todo las cabezas y la parte de abajo de las rodillas. Aquello era de madre. Por la noche, había que cruzar el muro del cementerio. Un sepulturero nos dejaba abierta la tapa de la tumba donde teníamos que sacar restos. Lo único que nosotros teníamos que hacer era halar la tapa del sepulcro y recoger los restos en un saco. Tremenda peste. Hice eso unas cuatro o cinco veces. Me busqué algo de dinero y un día le dije al socio:

—Voy *tumbando*.

—Eh, ¿le cogiste miedo a los muertos?

—Yo me cuido de los vivos. Además, esto es un negocio muy duro. Esos muertos tienen parientes.

—Es una pincha dura pero bien paga —me dijo.

—Yo te la regalo.

Me hablaron de un curso en una fábrica de tabacos. No me importaba aprender a hacer tabacos; pero la *jeva* que me puso el contacto para el curso, una vecina de la calle segunda del barrio, que quería *guara* conmigo y eso, me dijo que lo bueno del curso era que me daba la entrada a la fábrica, y aparte de que pagaban bien según los tabacos que yo hiciera, me daban dos tabacos por día más los que podía llevarme.

Unos tipos del almacén me daban tabacos para que los vendiera; pero igual: para mí no era mucho dinero, y dejé el curso. Además, había que levantarse temprano y *fajarse* con una guagua, y yo no estaba para eso.

Los negocios tienen que ser en grande. Si te vas a arriesgar que sea por algo que valga la pena.

Por esos días una guagua chocó contra el muro de la embajada del Perú. Un montón de gente estaban entrando y la policía los dejaba como si nada.

Por la noche fui a la esquina donde se reunía un grupo de muchachos, y me enteré que estaban dejando entrar a todo el que quería porque habían quitado a los custodios. La gente se encaramaba en la cerca de la embajada y cruzaba sin problemas. Tremendo relajo.

A mí aquello me parecía mentira. Esa noche me convidaron a ir, pero no fui. La gente es más curiosa que el carajo. Si no te vas a meter, pa´qué coño vas. La gente es así, curiosa, de meterse donde no las llaman. Se forma una bronca en la calle y van corriendo para el problema como hormigas de todas partes.

La vieja mía se perdió todo un día, hasta que el viejo se enteró no sé por quién que se había metido en la embajada con el maricón de Pituca, que hacía tiempo quería irse del país.

—Ahora sí se volvió loca esa mujer —me dijo el viejo.

—Yo la voy a sacar de allí como sea —le dije.

El viejo trató de frenarme, pero yo estaba tan fuera de mis cabales que me le solté de las manos y me fui.

Cuando llegue a la embajada, ya no dejaban entrar a nadie. Le expliqué a un policía que mi madre estaba mal de los nervios y se había metido en la embajada y quería sacarla de allí; pero ya nada se podía hacer.

Cuando la vieja se fue del país, el viejo me dijo que dejara el cuarto de la azotea y pasara a vivir a la casa. Ocupé el cuarto de la vieja, y ahí empezamos a vivir los dos solos.

Vivir con el viejo no era difícil. No se metía en mi vida ni nada. Yo estaba sin trabajo ni *jeva*. Tenía un dinero guardado, pero donde se saca y no se mete es como si nada. Me levantaba tarde y me iba a la esquina o al parque a conversar, y allí me daban las tantas de la noche.

A veces iba a pescar con Manuel al rio de San Matías. Cogíamos el tren de Hershey, nos bajábamos en la estación de San Matías, caminábamos por la línea hasta el puente, y ahí bajábamos al río. Se pescaban muy buenas truchas y un pez negro y feo que se llamaba guabina, pero tenía una carne blanda riquísima.

Manuel era muy reservado. Pero así lejos del barrio, y a mí en particular, me hacía sus confesiones. Y por aquellos días me dijo que quería irse del país. No tenía esperanzas de seguir la vida en Cuba. Me dijo que tenía mucho dinero guardado, y que podía pagar por él y por mí para irnos ilegalmente. Trataba de convencerme para que me fuera. Me decía que me gustaba mucho el dinero y que solo podría tenerlo sin problemas fuera de Cuba. Y era verdad, pero yo no me veía viviendo en otro lugar que donde había vivido. Se lo explicaba, y me decía que yo lo que tenía era miedo al cambio.

Yo sabía que Manuel tenía mucho dinero. Unos meses antes de que triunfara Fidel, el abuelo de Manuel, el padre de su mamá, había vendido varias bodegas porque estaba enfermo del corazón, y quería descansar. Y ese dinero él quería que fuera para el primer nieto que naciera. El abuelo de Manuel murió cuando él tenía seis años, y los padres de Manuel no tocaron un centavo de ese dinero que guardaban en un lugar secreto de la casa, que Manuel sabía por si pasaba algo hacer uso del dinero.

—No tenemos porvenir aquí —me decía. Pero yo nunca había soñado como él con un porvenir. Lo mío era vivir día a día, con mis negocios y mis mujeres.

Un domingo el viejo fue a buscar el pan a la bodega, y cuando regresaba, doblando la esquina de la calle donde vivíamos, le dio un dolor en el pecho, se agarró del poste de la electricidad y ahí mismo murió.

Así, en un abrir y cerrar de ojos, y sin estar yo preparado para eso, se me fue el viejo. Por primera vez, me sentí solo; tan solo, que se me caía una tristeza y un desgano que hasta llegué a querer que la vieja estuviera conmigo, a pesar de sus borracheras. Me dio por pensar en las cosas que nunca había pensado, como en la época de niño, que vivíamos sin preocupaciones ni líos y éramos tan felices, ¿verdad?, porque, por más que uno haya pasado trabajos de niño, no hay época como esa. Y recordaba a mi hermano Mario, a Silvio, la muerte aquella tremenda de Silvio, y volví a machacarme la cabeza pensando hasta qué punto fui culpable de que se matara, porque pude, lo sé, haber sido mejor con él.

No quería levantarme de la cama, ni bañarme, ni comer ni estar con ninguna mujer. Nada me motivaba. Nada.

Manuel iba varias veces a verme a la casa. Me llevaba almuerzo y comida que su mamá me mandaba, y se ponía a hablar conmigo. No sé de qué manera se las arreglaba que, a pesar de que yo no quería ver ni hablar con nadie, me entretenía.

Un día tocaron la puerta de la casa y era Pata de rana. Me extrañó verlo en mi casa porque él sabía que a mí no me interesaban sus sermones.

—No estoy para teques —le dije.

—Me dijeron que estas enfermo —dijo.

—¿Enfermo yo?

—Sí —dijo—. De la tristeza.

Pensé cerrarle la puerta, pero lo mandé a pasar.

—¿Quién te dijo que estoy enfermo de tristeza?

No me contestó. Empezó a hablarme de Dios, de la vida y del hombre, ¿y tú sabes que, oyéndole esa muela, me ablandó? Después me puso una mano en la cabeza y empezó a rezar; y cuando vine a ver, así de pronto, rompí a llorar sin saber por qué. Pero fíjate, era un llanto que no podía controlar. Pata de rana rezaba con su mano en mi cabeza, y yo llora que llora. Y cuando terminé, sentí que la tristeza había salido de mi vida. Fue algo tremendo.

Días después vi a Pata de rana en el barrio y le di las gracias. Me dijo que no era a él a quien tenía que agradecerle, sino a Dios. No fui yo quien te quitó el mal de la tristeza, me dijo, fue Dios. Es Dios el que sana. Yo fui el medio del que Dios se valió.

17

Un tío de Manuel, que trabajaba en la conferencia de obispos católicos, me resolvió trabajo como chofer de un cura.

Así que empecé a trabajar como chofer del curita, un tipo joven y muy buena gente. Se llamaba Abilio, y desde el primer día nos llevamos de lo mejor. Cuando terminaba de trasladarlo, lo dejaba en la iglesia y me llevaba el carro para la casa.

Yo creí que en aquel trabajo iba a durar menos que un merengue en la puerta de un colegio.

El cura atendía a un grupo de viejitos, que pasaban desde la mañana hasta la tarde en la iglesia, donde se les daba desayuno, almuerzo y entretenimientos. Como al mes de estar yo trabajando allí, habló conmigo para proponerme que fuera el responsable del almacén donde se guardaban los víveres; así que todos los productos para los viejitos los gestionaba y administraba yo.

El cura y yo nos llevábamos tan bien, que a veces comía con él y me quedaba a dormir en la iglesia. Su casa estaba en los altos de la iglesia, tenía dos cuartos, y en cada cuarto un aire acondicionado y televisor. El cura viajaba a España y Miami, y traía muchas cosas para la atención de sus feligreses y los viejitos.

Un muchacho al que, aunque se esforzaba por guardar la forma, se le veía que era maricón, le llevaba todos los papeles de la oficina y el archivo; una mujer le cocinaba y le limpiaba y otra le lavaba la ropa y le hacia los mandados. La que le lavaba la ropa se llamaba Adelaida, y desde que la vi me gustó.

El padre Abilio era un tipo con relaciones, y con el proyecto para ayudar a los viejitos, recibía dinero de donaciones del exterior. Es verdad que los viejitos estaban muy bien atendidos, y que lo que el cura estaba haciendo allí con ellos, los ayudaba a vivir un poco mejor. Una vez al mes alquilaba una guagua y se iba con ellos a una excursión. Tenía buen carácter, y siempre estaba dispuesto a oír a la gente.

Como llegamos a tratarnos con confianza, le dije un día:

—Tú podías haber sido un político de esos que se ganan el voto de la gente.

Y se reía. Siempre estaba sonriéndo. Le pregunté cómo se le había ocurrido ser cura, porque yo no entendía como un tipo joven, bien parecido, con ese carácter y que había estudiado una carrera en la universidad, se metiera en una iglesia.

Le pregunté si ese camino no era tremendo sacrificio para él, porque no podía tener mujer ni hacer familia. Entonces me dio una explicación de esas de las que a veces me daba Manuel, que no entendí nada. Muy bonita de oír, pero me quedé como pescao en nevera: con los ojos abiertos sin ver nada. El caso fue que, según él, era muy feliz así. Y yo creo que sí, le gustaba ser cura, lo hacía muy bien.

Como yo debía moverme a muchos lugares con él, y a veces solo para hacer gestiones, conocí un mundo de ese mundo; y acabé de convencerme de que yo nada tenía que ver con la iglesia ni los curas.

Como ya no andan con sotana y casi todos tienen carro, hoy en día los curas no lo parecen. Casi nunca se les ve en la iglesia. Tienen un montón de reuniones, y cuando no están en el arzobispado o en la Casa sacerdotal, que es como un palacio si no, están fuera del país. Donde menos se les ve es en la iglesia. Según me contó una viejita que conocí en la iglesia, los curas de hoy nada tienen que ver con los de antes, que andaban por el barrio con la biblia en la mano y visitando enfermos. Según ella, la Iglesia se había contagiado con algunas cosas del comunismo, como las reuniones. Era muy simpática.

El ambiente de la iglesia era tranquilo, pero los domingos iban a misa algunos creyentes de un partido político que se reunían en sus casas para hablar de política y cosas así. El cura me decía que el obispo no quería que en la iglesia se reunieran para hablar de política, pero aunque no se reunieran allí, hacían sus comentarios entre ellos en el templo o en un salón que había al fondo de la sacristía. La iglesia estaba bien chequeada por informantes o agentes de la seguridad. Y el cura me decía que no me relacionara con los del partido ese, que los tratara de y qué y qué, pero hasta ahí. Y como a mí no me importaban ni la política ni la religión, aquello no me interesaba, la verdad.

Una mañana al cura lo fue a buscar otro cura en su carro para una reunión en la Casa sacerdotal. La Casa sacerdotal era como un hotel de cinco estrellas. Tenía un montón de habitaciones confortables. Se desayunaba, se almorzaba y se comía allí no solo muy bien, sino como un restaurante de primera. Había sido un convento según me explicaron, y tenía un patio interior con jardines y bancos que era una delicia. El caso es que, aprovechando que el padre Abilio iba a pasar el día en la Casa sacerdotal, regresé a la iglesia decidido a estar con Adelaida.

Cuando conocí a Adelaida me dije esta va a ser mía. Yo le soltaba mis piropos y a ella les gustaba, pero ella tenía miedo de que el mariconcito que trabajaba en la oficina de los bajos, nos cogiera en eso y se lo dijera al cura y la sacaran de allí. El mariconcito le informaba todo al cura; pero con lo que el mariconcito no contaba era que yo le llevaba la carta a él. Iba a verlo un mulato, que él decía que era su tío. Y le dije a Adelaida:

—Si él le dice algo al curita, yo le diré al curita el lugar donde se lo tiempla aquí el mulato.

Me la llevé al cuarto de los visitantes halándola, desde la cocina, por un brazo porque tenía miedo ir. Así empezamos una relación muy discreta, porque lo de nosotros era estar, nada de vivir juntos ni casarnos. Ella se iba del país, y esperaba que le llegara la salida. Y yo no quería vivir con ninguna mujer. Aunque a decir verdad me hacía falta. La casa la sentía demasiado vacía. Pero eso lo pensaba por un momento; después se me olvidaba. El cura me decía:

—No es bueno que el hombre esté solo.

Y yo le respondía:

—Pero tampoco mal acompañado.

Y se reía.

Un domingo, serían como las diez de la mañana, Clara, que seguía siendo la presidenta del comité, me mandó a buscar a la casa con un muchacho para decirme que me llamaban por teléfono. La única persona a la que le había dado el número de teléfono de Clara era al cura para algún caso de trabajo. Cuando cogí el teléfono y dije oigo, era mi madre. Me dijo mi'jo, y empezó a llorar. Figúrate como yo estaba de asombrado o qué sé yo porque nunca más había sabido de ella. La creía hasta muerta. El caso fue que entre su llanto me dijo que me extrañaba mucho y que la perdonara. No entendí por qué me pidió que la perdonara. Debió ser porque se fue sin decirme nada. Me dijo que vivía en Hialeah y que trabajaba en un taller de costura. Me preguntó que necesitaba. Le dije que nada, que yo estaba bien.

Después que hablé con mi madre, cuando llegué a la casa, sentí un sentimiento así tan fuerte que me extrañó.

El caso es que cuando llevaba trabajando allí unos seis meses, Adeilada me dijo que un tipo había ido a hablar

con el cura y se sentaron en la sala. El tipo andaba averiguando sobre mí. Ella estaba en la cocina, y se puso muy
nerviosa y apenas pudo oír; pero lo que sí sabía era que ese
hombre era policía.

—¿Pero qué fue lo que oíste? —le dije.

—Casi nada —me dijo—. Preguntó que cómo habías
empezado a trabajar aquí, que quien te había metido aquí,
lo que hacías, si te llevabas con la gente esa del partido que
vienen a oír misa.

—¿Y qué le dijo el cura?

—Que eras su chofer y que no te relacionabas con la
gente del Partido.

No entendí nada. Estuve pensando en eso algunas horas, pero después lo olvidé, porque sabía que la iglesia era
un lugar muy controlado y aquella más; pero yo no estaba
en nada malo; o bueno, tenía mi negocio con las cosas que
administraba del almacén, pero no me pareció que el tipo
aquel estuviera interesado en eso sino en saber si yo mantenía relación con las personas del partido ese, porque a
esa gente el gobierno no les quitaba el control. Ni ellos me
habían propuesto ser del partido ni a mí me importaba
serlo. El cura no me dijo nada tal vez para no asustarme, y
yo hice como que no lo sabía.

Por las mañanas ayudaba a Adelaida a hacer el desayuno para los viejtos; después se lo servíamos. Luego sacába-
mos para el patio las mesas y las sillas para que los viejitos
jugaran dominó, damas o hicieran manualidades. A veces
me ponía a jugar o a conversar con ellos. Algunos se sen-
tían solos en su casa, aunque vivieran acompañados. Es
de madre llegar a viejo, y que después que has vivido toda
la vida para tus hijos y nietos, te sientas solo entre ellos.

Una monjita española, Sor Dorotea, que iba tres veces
a la semana para acompañar a los viejitos, me cogió afecto.
Quería que yo fuera a trabajar como chofer al convento.
Sabía un montón de historias. Decía que con lo que había

vivido, se podía escribir un libro sobre la vida de la Iglesia. Estaba en Cuba desde antes de la Revolución. En los primeros años de la Revolución, las monjas españolas de su orden se fueron del país porque ya no podían hacer lo que antes, cuando tenían colegios. Pero ella se quedó, aunque le hicieron la vida casi imposible. Un grupo de militares llegaron al convento para sacar a las monjas que quedaban, y todas salieron menos ella. El capitán que dirigía el desalojo, trató de convencerla, hasta que el tipo perdió la paciencia y la cogió por un brazo, y ella lo empujó y le dijo que no se atreviera a moverla. Se sentó en una silla y de ahí no se paraba. Entonces los militares la llevaron sentada en la silla hasta la puerta del convento, cerraron la puerta del convento y allí la dejaron. Estuvo así hasta el día siguiente, que el mismo obispo fue a buscarla.

Cuando yo iba al convento por cualquier diligencia, Sor Dorotea me llevaba a la cocina y me preparaba una merienda, y allí seguía contándome cosas. Con sus ochenta años tenía tremenda memoria. Se sentía incómoda con el obispo, porque algunas monjas de su orden visitaban a los familiares de los presos políticos y los ayudaban con alimentos y dinero, pero el obispo no quería que ellas tuvieran relaciones tan cercanas con esa gente para que no hubiera más problemas entre la iglesia y el gobierno.

Sor Dorotea se las traía. Fue al obispado para hablar con el obispo y decirle que la iglesia estaba para servir a los necesitados y perseguidos, pero como el obispo sabía sobre qué iba a hablarle, mandó al canciller que la recibiera con el pretexto de que estaba indispuesto.

A mí me parecía que las monjas eran más consagradas que muchos curas. El problema de las monjas es que tienen un carácter de madre.

Un día estaba fregando el carro frente a la iglesia, cuando se me acercó un tipo y me enseñó un carne del ministerio del interior. No me dijo Bobby, me llamó por mi verdadero nombre. Me dijo Ernesto. Me quedé mirándolo, así como quien dice bueno y qué, no me asustas con eso de enseñarme el carnecito. Y el tipo me dice que teníamos que hablar, pero no en aquel lugar ni momento.

El caso fue que me sacaron todo lo que sabían de mí, como si hubieran ido guardando mi vida en un saco. Lo sabían todo. Hasta de mis negocios con el abastecimiento del almacén del cura. Y me dio a entender que Manuel y yo éramos maricones.

—Tienes cosas pendientes con la justicia —me dijo—. Y has tenido oportunidades para enmendar tu vida, pero no lo has hecho.

—Y bien, ¿qué puede pasar? —le pregunté.

—Te propongo colaborar con nosotros.

Salí de aquella oficina más muerto que vivo. Esa noche no pude dormir.

Al día siguiente, mientras manejaba llevando al cura para el arzobispado, me preguntó por qué estaba callado. No quería contarle porque había empezado a desconfiar de él. Esperándolo fuera del arzobispado, donde él tenía que hacer una gestión, me dormí con la cabeza sobre el timón. Luego regresé a la parroquia para dejar al cura. Me dijo que no saldría más y que podía irme. Cuando iba a arrancar el carro, Adelaida se me acercó casi corriendo.

—El hombre que vino el otro día a preguntarle al cura por ti, está ahí.

—Ahí dónde —le dije.

—Esperando al cura allá dentro.

—Está bien —le dije arrancando el carro—, que venga las veces que le dé la gana.

Hubiera querido contárselo al cura, pero ya no me inspiraba confianza. Era una iglesia muy chequeada por la policía. Quizás el cura colaborara con los agentes del gobierno. Mientras pensaba en estas cosas, tocaron la puerta. Era Manuel. Yo tenía tan enredada de cosas la cabeza, que no sabía lo que hacer. Necesitaba descargarle a alguien lo que estaba pasándome, y se lo conté a Manuel.

Manuel no tenía maldad de la calle. Lo suyo eran los estudios, pero sabia escuchar y dar consejos.

—¿Y qué vas a hacer? —me preguntó.

Le dije que estaba tan confundido con ese rollo en el que me había metido, que no podía ni pensar.

Manuel me dijo que ellos tenían todos los recursos para llegar al fondo de la vida de cualquiera.

—Si te niegas a colaborar —me dijo—, pueden acusarte. Y es mejor estar fuera de la cárcel que en ella.

—¿Tú me estás diciendo que sea chivato?

—Te dijeron que iban a hablar contigo. Espera para que sepas lo que quieren.

Seguí trabajando en la iglesia como si nada hubiera pasado. Si el cura sabía algo de lo que me había sucedido, lo disimulaba muy bien. Antes de que pasaran dos semanas, el oficial me entrevistó. Lo primero que me dijo fue que la colaboración no era obligatoria, pero volvió a sacar a relucir que yo había cometido numerosos delitos, y que a pesar de eso no había tenido problemas. Me preguntó entonces si estaba dispuesto a colaborar. Yo le pedí que antes de darle una respuesta, me explicara en que consistía esa colaboración.

—Solo informar lo que escuchas o ves en el medio donde trabajas —me dijo.

—¿Sobre la gente esa del Partido politico que vienen a misa aquí?

—De ellos y lo que te diga el cura al que le manejas, y cualquier cosa de interés que oigas a donde vayas con él.

—¿Y si le digo que no, qué me pasa? —pregunté.

Me dijo que no pasaría nada y que agradecía mi sinceridad. Me dio varios números de teléfonos, recalcándome que lo pensara con más calma, y que si cambiaba de opinión, que lo llamara

Me extendió la mano, nos saludamos y me fui.

A partir de eso ya la vida no fue igual. Yo no quería, pero la situación me obligó a cambiar mi modo de ver las cosas.

Manuel lo sabía todo. La única persona a quien lo tuve al tanto de todo. Y entre los dos, planificamos el viaje. El viaje a Estados Unidos, claro. Irnos. Lo duro de eso es que Manuel no podía decírselo a sus padres. De ellos saberlo, el viaje se echaría a perder porque no iban a permitir que Manuel se fuera, y mucho menos en las condiciones que nos iríamos. Los padres de Manuel habían vivido para él. Si él se iba de Cuba, para ellos sería tremendo golpe. Y Manuel lo sabía bien, pero me dijo que él había analizado su vida, y que lo mejor para él, y para sus padres, era irse de Cuba, y que ellos algún día lo iban a entender.

Yo, sin embargo, a principios de *tallar* eso de irnos, no entendí que Manuel dejara a sus viejos, y lo critiqué. Créeme que, aunque él iba a poner todo el dinero y el contacto para resolver mi situación, lo critiqué. Pero él ya no pudo seguir con la máscara, y gritó fuera de sí:

—Es que en Cuba, a veces, hasta ser como único quiere; es un problema. Y ni mis padres lo van a entender y la sociedad me va a rechazar.

Era una decisión muy dura, pero tenía razón. Claro, yo lo sabía. Lo sabía desde que Manuel era un muchacho, pero tú sabes como sobrellevé esa situación. Pero es muy complicado eso de querer ser lo que uno siente de verdad, y te critiquen y rechacen en las escuelas y los trabajos.

Entonces lo planificamos todo. Nos fuimos una noche por Guanabo. Estábamos muy nerviosos. Yo más que él. Incluso él más animado que yo, porque no quería irme de Cuba. Yo nunca nunca me vi viviendo en otro lugar que La Habana. Pero, como dice el dicho, el hombre propone y Dios dispone. Ya en Cuba no tenía nada que hacer. Porque primero muerto que chivato. Y ya no iba a vivir en paz.

Cuando la lancha arrancó, y después vi todo oscuro en el mar, sentí miedo. Y me pregunté si lo que estaba haciendo no sería un error.

Lo único que me dolió dejar fue a Rufino. Pero no quedó solo. Amandito Cilindro se quedó con él.

Lo demás…, ya es otra historia.

La Habana, 2013. Miami, 2020.

Otros títulos del autor

Miguel Sabater Reyes

CUENTOS DE
ORICHAS

UNOSOTROS
RELIGIÓN

MIGUEL SABATER

Regla, La Habana, Cuba, 1960. Reside en Miami, Fl, EE UU.

Licenciado en Filología en la Facultad de Artes y Letras de la Universidad de La Habana. Ha publicado artículos, reportajes y entrevistas en diversos medios de comunicacion de Cuba y EE UU.

Entre sus libros publicado: *Flores para una leyenda: Yarini, el Rey de San Isidro; La Virgen de Regla y Yemayá; Los últimos días de Jaime Partagás; Crónicas humorísticas cubana; Cuentos de Orichas.*

OTROS TÍTULOS

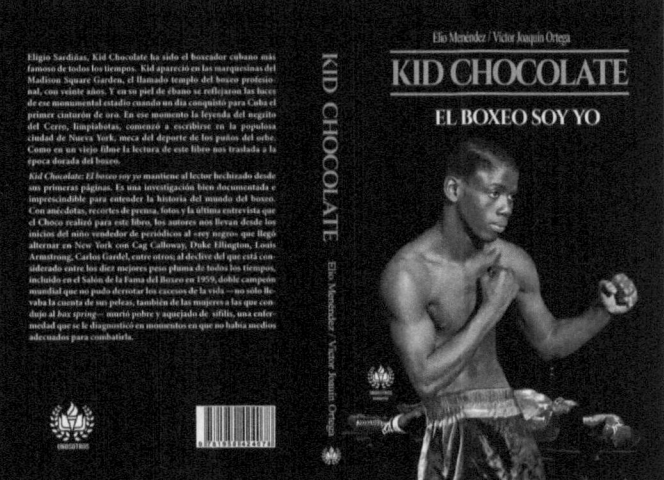

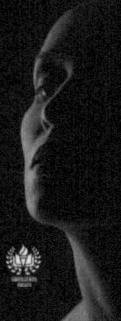

Bárbara Castillo Pedroso

MOMENTOS Y FIGURAS RELEVANTES
DEL **TEATRO CUBANO**

La periodista y editora Bárbara Castillo escribió este libro donde de forma amena pero rigurosa hace una investigación que va desde el surgimiento de lo que se considera la primera obra de teatro en Cuba hasta nuestros días. Muchas son las preguntas dedicadas a este tema que se responden ¿Cuáles son sus antecedentes? ¿Cuándo surgió en nuestro archipiélago? ¿Fue Francisco Covarrubias el primer actor en el teatro cubano? ¿Cómo y cuándo surgieron los bufos en Cuba y quiénes son sus precursores? ¿Cuándo y dónde nacieron de forma oficial los bufos habaneros?

Sirva este libro para conocer un poco más a nuestros actores y actrices. Lo novedoso viene dado porque a partir de la entrevista a figuras relevantes con preguntas como «¿Qué es un actor» que se va organizando la segunda parte completamente testimonial.

Documento de un invaluable valor que desde ya engrosa la lista de nuestro patrimonio cultural, algunos de sus más destacados entrevistados se inmortalizan a partir de la palabra que los convierte en maestros eterno, entre ellos están: Raquel Revuelta, Enrique Almirante, Angel Toraño, Carlos Ruiz de la Tejera, José Antonio Rodríguez, Zenia Marabal, Vicente Revuelta, Raúl Eguren, Verónica Lynn, Elvira Cervera, entre otros.

UNOSOTROS

Catalina Lasa

La extraña dolencia que consume a la bella cubana Catalina Lasa perturba la tranquilidad y el sueño del doctor Domínguez Roldán. Entre los últimos médicos, llamado a la cabecera de la enferma en su casa de París, acude Roldán sin dilaciones, intrigado por la rareza del padecimiento que la aqueja y por el halo de leyendas que reviste la existencia apasionante, escandalosa y trágica de esta mujer adelantada a su tiempo. Pero los desvelos y el tesón científico del galeno fracasarán en su intento por descubrir y detener el mal e impugnar el mito que atribuye a hechizos y brujería el quebranto físico y la inevitable muerte de la otrora esplendida dama. Se enfrenta entonces, tras el reto diverso, a un nuevo dilema, inesperado y no menos inquietante.

Al trazar con profusión de imágenes y apuntes descriptivos los corredores históricos, sociopolíticos y culturales de la Cuba de las luchas independentistas y de la Francia de entreguerras, los ambientes familiares, las costumbres, el habla y el gusto de la época, el autor logra una visión plena y fluida del escenario en que vivieron los protagonistas de esta fascinante historia, estampada por su página que permanece inquietable en nuestros días.

UNOSOTROS

La misteriosa muerte de Catalina Lasa

LA MISTERIOSA MUERTE
DE **CATALINA LASA**

FASCINANTE HISTORIA, ESTAMPADA POR UN ENIGMA
QUE PERMANECE IMPENETRABLE EN NUESTROS DÍAS.

UNOSOTROS

FÉLIX FOJO

www.unosotrosediciones.com
infoeditorialunosotros@gmail.com

UnosOtrosEdiciones

Siguenos en Facebook, Twitter e Instagram:

www.unosotrosediciones.com